Raymond Bean träumte schon immer davon, Bücher zu schreiben. Geboren in Queens, New York, arbeitete er zunächst für Film- und Fernsehproduktionen, bevor er Grundschullehrer und Schriftsteller wurde. Er lebt mit Frau und Kindern in New York. STINKER, sein erstes Buch, wurde in den USA zu einem gefeierten Bestseller.

Raymond Bean

STINKER

Aus dem Englischen von
Gerold Anrich und
Martina Instinsky-Anrich

Mit Bildern von
Frank Spong Plein

BAUM
HAUS

BAUMHAUS TASCHENBUCH
Band 0033

1. Auflage: September 2011

Dieser Titel ist auch als E-Book lieferbar

Vollständige Taschenbuchausgabe

Baumhaus Taschenbuch in der Bastei Lübbe GmbH & Co. KG

Deutsche Erstausgabe

Titel der englischsprachigen Originalausgabe:
»Sweet Farts«
Originalverlag: AmazonEncore
Die deutschsprachige Ausgabe wurde möglich dank der
Lizenz von AmazonEncore
und der Vermittlung durch die Agence Hoffman, München

Text- und Bildredaktion: Mona Gabriel/Harald Kiesel
Innenillustrationen: © Frank Spong Plein, Köln
Umschlaggestaltung: Geviert – Büro für Kommunikationsdesign München,
Christian Otto unter Verwendung einer Illustration von
© Shutterstock/softRobot
Autorenfoto: © Rosemarie Peukert, Agence Hoffman, München
Satz: Helmut Schaffer, Hofheim
Gesetzt aus der DTL Documenta
Druck und Verarbeitung: CPI Ebner – Spiegel, Ulm
Printed in Germany
ISBN 978-3-8432-0033-2

Sie finden uns im Internet unter
www.baumhaus-verlag.de
Bitte beachten Sie auch www.luebbe.de

Für Stacy, Ethan und Chloe.
Aber auch für Baba, der alles für uns tun würde.

Vorwort

Du weißt ja, wie das in der Schule so ist … irgendwelche Kinder lassen die »Dinger« schön leise raus, und dann kann niemand sagen, wer es war, wer es getan hat, wer »einen rausgelassen«, »abgezogen« oder »fahren gelassen« hat. Das bleibt ein ewiges Geheimnis, ein ungelöstes Rätsel, die Quelle des Übels bleibt unentdeckt. Später, wenn der widerliche Gestank allmählich in die Nasen zieht, fangen die Kinder an, sich gegenseitig misstrauisch zu beäugen. Die Kinder bemerken etwas. Die Kinder beginnen, sich zu fragen …

Wer war das?, überlegen alle im Stillen. Natürlich kann man nie mit Sicherheit sagen, wer es war. Nicht in der Öffentlichkeit. In der Öffentlichkeit ist jeder verdächtig. Jeder könnte der Schuldige sein.

Wenn diese höchst heikle Situation eintritt, ist der entscheidende Trick, auch wenn du nicht derjenige warst, der das Ding verbockt hat, nicht allzu überrascht auszusehen. Eine übertriebene Reaktion kann zu unerwünschten Verdächtigungen führen. Dein Blick muss genau richtig sein. Er muss den anderen zeigen, dass du dich einerseits amüsierst und dich andererseits schwer beleidigt fühlst. Den Kopf leicht von einer Seite zur anderen zu neigen und ungläubig die Augen zu schließen, ist die sicherste Reaktion. Aber unter gar keinen Umständen darfst du die Ruhe verlieren. Du musst selbstbewusst bleiben. Gelassen bleiben, das ist entscheidend.

Ich versuche immer zu lächeln, als würde ich es lustig finden, oder aber ich mache ein Gesicht, als wäre ich angeekelt. Diese Strategie ist allerdings nicht ganz ungefährlich, denn wenn du zu oft lächelst, siehst du ebenfalls schuldig aus. Und wenn du zu oft angeekelt guckst: wieder wie schuldig.

Wir alle wissen, dass man mit Sicherheit nicht als der Schuldige dastehen will, wenn ein schrecklich stinkender Furz gerade durch das Klassenzimmer zieht. Im ersten Moment, wenn alle die erste Dosis abbekommen haben, geht es ums schiere Überleben. Irgendjemand im Umkreis ist dafür verantwortlich, und jeder weiß das. Also kann natürlich auch jeder beschuldigt werden. Die Person, die es war, wird aber nicht die Hand heben und sagen: »Hört mal, ich war es. Ich hab gerade den Raum verpestet.«

Wir alle wissen, dass schon viele Unschuldige, die nur zufällig anwesend waren, wegen den Fürzen von irgendjemand anderem angeschwärzt worden sind. Das Kind, das einen richtigen Stinker vom Leder ziehen lässt, ist oftmals gerade so ein Typ, dem es mühelos gelingt, die Schuld jemand anderem unterzuschieben. Diese Sorte Kind sucht sich gezielt genau die Person aus, die sich am leichtesten in Verlegenheit bringen lässt, und lässt dann den Verdacht genau in diese Richtung schwappen. Sobald der »Furzer« den Verdacht auf das verlegene Kind gelenkt hat, macht sich niemand mehr die Mühe, darüber nachzudenken, ob es nicht auch jemand anderes gewesen sein könnte. So etwas passiert leider jeden Tag, und das ist tragisch.

Ehrlich gesagt beginnt diese Geschichte mit dem Hintern von Anthony Papas …
… und der befindet sich in dieser Stadt …
… in dieser Schule …
Da! Der Typ da direkt vor mir!
Das ist Anthony Papas …

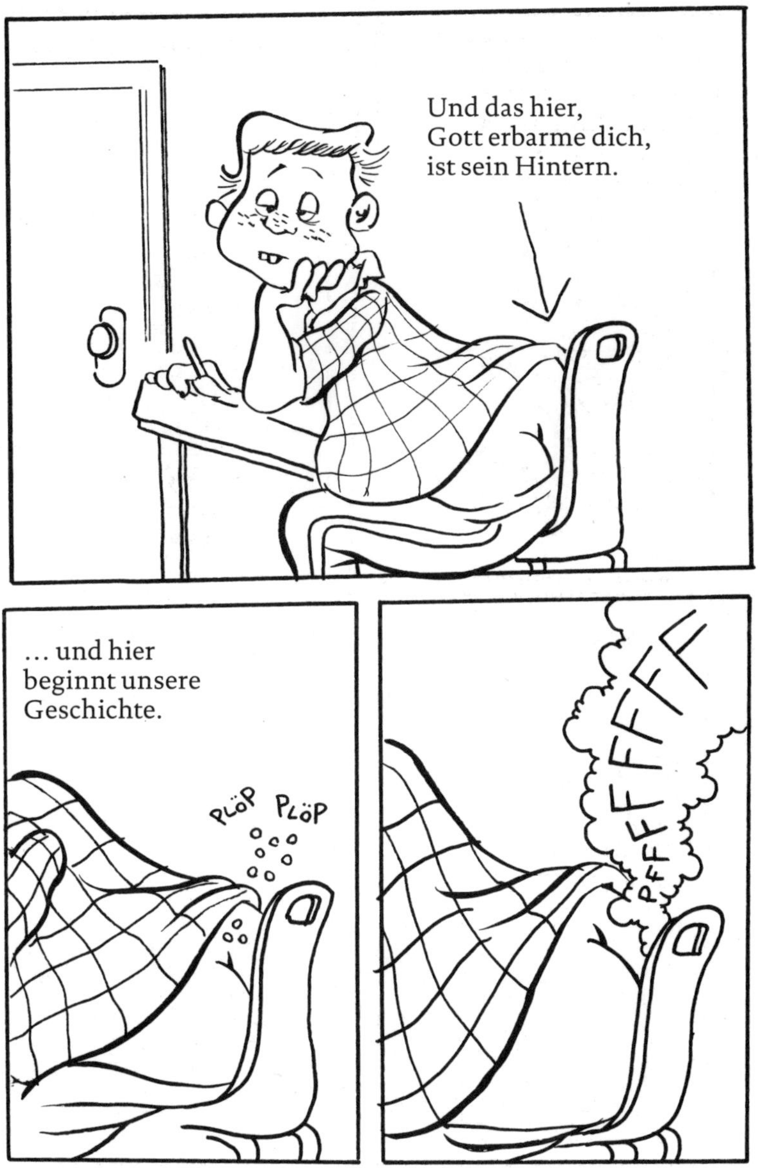
Und das hier,
Gott erbarme dich,
ist sein Hintern.
… und hier
beginnt unsere
Geschichte.
PLÖP PLÖP
PFFFFFFFFF

STINKER

1

Das grausamste aller Schicksale

Es gibt kaum was Schlimmeres in diesem Leben, als die Schuld für den Furz eines anderen abzukriegen. Solche Ungerechtigkeit gibt es wahrscheinlich schon so lange wie Fürze selbst, also, denke ich mal, seit Menschen eben leben. Ich bin mir ziemlich sicher, die Leute haben bereits zur Zeit der Höhlenmenschen Fürze gegen die Wände ihrer kaum beleuchteten Höhlen abgefeuert. Heute hat jedenfalls jemand in meiner vierten Klasse so ein Ding ganz leise auf seinem blauen Plastikstuhl abgelassen, und diesmal war ich leider der, der alles abkriegte. Aber ich war es nicht … ich schwöre.

Bei unserer Morgenrunde habe ich ganz harmlos an meinem Tisch gesessen. Unser Lehrer, Mr Cherub, besteht darauf, dass wir uns jeden Morgen zusammen setzen und über unsere Gefühle sprechen und darüber, was in unserem Leben so los ist. Er hatte gerade zu reden angefangen, als ich merkte, dass irgendetwas nicht stimmte. Vor allen anderen kriegte ich einen Hauch davon ab. Ich konnte nicht mit Sicherheit sagen, von wem das Ding gekommen war. Aber sofort hatte die Panik mich fest im Griff, und mein Herz fing an, rasend schnell zu schlagen. Da war irgendwas nicht in Ordnung. Irgendetwas stimmte auf ganz schreckliche Art nicht.

Zunächst war ich mir noch nicht so ganz sicher, vielleicht war es ja gar nicht das, was ich dachte. Ich schnupperte noch einmal ganz leicht, und das bestätigte aber dann meine schlimmsten Befürchtungen. Irgendjemand hatte eine Stinkbombe abgesetzt. Und dieser Jemand war eindeutig der Junge direkt vor mir, Anthony Papas.

Wie sollte ich überhaupt denken können, wenn Anthonys übler Gestank meine Nasenlöcher derart beleidigte?

Er drehte sich um, auf die Uhr hinter uns an der Wand, und ich warf ihm einen Blick zu, der ihm mitteilen sollte: ›Du bringst mich um! Bitte mach das niemals wieder!‹

Anthony sah mich an und sagte so laut, dass es alle hören konnten: »Du bist widerlich!«

Ich konnte es nicht fassen. Die anderen starrten mich sofort mit angeekelten Blicken an. Austin, der

am Tisch neben meinem sitzt, riss die Augen echt weit auf und zeigte auf mich. Tiffany, die vor Anthony sitzt, hielt sich die Nase zu und legte den Kopf mit dem Gesicht nach unten auf den Tisch. Ich sah mich im Klassenzimmer um. Jedes Kind in meiner Klasse blickte mich an, als ob ich dafür verantwortlich wäre. Ein paar lachten, einige sahen schlicht schockiert aus, und wieder andere schüttelten einfach bloß den Kopf.

Nun bin ich dummerweise ein Junge, der sich leicht in Verlegenheit bringen lässt. Je mehr Augen ich auf mich gerichtet sah, desto beklommener wurde mir.

»Das war nicht …«, fing ich an.

Mr Cherub unterbrach mich. »Keith, stimmt was nicht?«, fragte er.

Ob was nicht stimmt?, dachte ich. Macht der sich über mich lustig? Dieser Raum ist von einer Stinkbombe völlig verpestet, und alle denken, dass ich das war.

In diesem Augenblick hob Anthony die Hand.

»Mr Cherub.«

»Ja, Anthony?«

»Ich glaube, Keith ist ein bisschen krank … Sie wissen schon, da, im Bauch«, sagte er, rieb sich in kleinen Kreisen über den Magen und machte ein Gesicht, als hätte er dort Schmerzen.

Als ich sah, wie Mr Cherub das Gesicht verzog, wusste ich, dass ihn der Gestank jetzt gerade erreicht hatte.

»Keith, äh … musst du vielleicht mal austreten?«, fragte er, hielt sich die Hand vor die Nase und unterdrückte ein Würgen.

Ich weiß nicht, was los war! Ich konnte mich nicht rühren, ich konnte nicht sprechen, ich konnte nicht denken. Ich saß einfach nur da, bewegte meinen Kopf von einer Seite zur anderen, um »Nein« zu signalisieren. Man hätte eine Nadel fallen hören können. Es war so still im Klassenzimmer, dass ich sogar das Geräusch der Heizung am Fenster wahrnahm. Ich hörte das Ticken der Uhr.

»Also gut, beim, nächsten Mal steuerst du einfach die Toiletten an.«

Ich weiß nicht so genau, wie man sich bei einem Herzanfall fühlt, aber ich bin ziemlich sicher, dass ich einen hatte. Meine Augen müssen dreimal so groß wie normal gewesen sein und fühlten sich an, als würden sie mir gleich aus dem Kopf fallen.

Anthony sagte: »Ist ja gut. Das passiert den Besten von uns, Keith.«

»Aber der war nicht ...«, fing ich wieder an.

»Jetzt ist es genug«, sagte Mr Cherub. »Gehen wir wieder an die Arbeit. Und beim nächsten Mal sieh zu, dass du das auf der Toilette machst, Emerson.«

Wir gingen also wieder an die Arbeit, und alle dachten, dass ich es gewesen wäre. Ich weiß nicht, warum ich den Mund nicht aufgemacht habe. Ich konnte einfach meinen eigenen Ohren nicht trauen. Ich konnte es nicht fassen, dass alle glaubten, ich hätte gefurzt.

Das war gar nicht gut.

Ich gehöre nicht zu den Jungs, die so ein Ding abziehen und darüber lachen können. Dazu bin ich nicht selbstbewusst genug. Ich bin auch keiner, der in solchen Augenblicken echt schnell denken kann.

Mein Kopf ist dann wie gelähmt und der Rest von mir erstarrt. Es war, als wäre mein Mund zugefroren, ich konnte nicht sprechen. Ich war sprachlos.

Natürlich hätte ich etwas zu Anthony sagen können wie zum Beispiel: »Ich bin doch nicht der, der Trockenfleisch zum Frühstück gegessen hat« oder »Das Einzige, was schlimmer ist als dieser Gestank, ist dein Mundgeruch.«

Aber nichts davon hab ich gesagt. Ich saß einfach nur mit offenem Mund da und fühlte mich wie ein Großmaulfrosch, der darauf wartet, dass eine Fliege vorbeisummt, damit ich sie mit meiner Froschzunge schnappen konnte.

Ich wünschte, ich wäre stattdessen ein Großmaulfrosch, der irgendwo auf einem Wasserlilienblatt sitzt und locker darauf wartet, dass eine fette Fliege vorbeikommt. Doch ich war kein Großmaulfrosch, ich war nur, wie alle anderen glaubten, das ekelhafteste Kind in der ganzen vierten Klasse.

Ich hab gehört, er hat gekotzt

Das Mittagessen war, ehrlich gesagt, ein Albtraum. Sobald ich in die miefige Mensa kam, wusste ich sofort, dass die Nachricht schon rum war. Du weißt ja, wie es in der Mittagspause ist. Da gibt es nicht nur deine Klasse. In meinem Fall ging es um vier weitere vierte Klassen. Und das heißt, wir sprechen über einhundert Viertklässler. Wir sprechen über zweihundert Augen, die jetzt alle auf mich gerichtet waren. Wir sprechen über hundert Finger an einhundert Nasen, und alles mir zu Ehren.

Frag mich nicht, wie sich die Nachricht über das Anthonyereignis so schnell herumsprechen konnte. Solche Sachen verbreiten sich mit Lichtgeschwindigkeit. Sie werden von einem Kinderohr in das nächste geflüstert, bis sie in jedes einzelne Ohr geflüstert worden sind. Die Geschichte selbst aber bleibt niemals dieselbe, denn die Kinder fügen immer eine kleine Einzelheit hinzu, damit es schön spannend bleibt. Ich bin mir sicher, zum richtigen Zeitpunkt ging die Geschichte schon so, dass ich so sehr gestunken hätte, dass mein Tisch in Flammen aufgegangen war. Ich wette, dass es jetzt schon hieß, dass die Farbe von den Wänden unseres Klassenzimmers runtergekommen war. Ich wette, dass …

Gerade, als ich mir eine weitere scheußliche Variante vorstellte, spürte ich, wie jemand an meinem Ärmel zupfte.

»Ich war es nicht«, blubberte es aus mir heraus.

»Na, du benimmst dich aber nicht gerade so, mein Freund«, erwiderte eine Stimme. Die Stimme und das Zupfen kamen von meinem besten Freund Scott. »Komm schon, stellen wir uns an«, sagte er.

Heute war Freitag, Pizza-Tag. Wenigstens eine Sache, über die ich mich freuen konnte, und ich folgte Scott ans Ende der Schlange. Dabei war ich mir der auf mich gerichteten Blicke bewusst und des andauernden Flüsterns. Und dann passierte es. Ein Junge, dessen Namen ich nicht einmal kannte, einer aus Mrs Roths Klasse, sagte, als ich an dem Tisch vorbeikam, an dem er und seine Freunde saßen: »Da kommt der Stinker…«

Als ich dann das Ende der Schlange erreichte, die ziemlich lang war, eilten die Kinder ohne etwas zu essen an ihre Tische zurück. Wieder hörte ich: »Bah, das ist der Stinker!« Diesmal wusste ich nicht, wer es gesagt hatte, aber die Schlange hatte sich aufgelöst.

»Das ist hammergeil!«, fand Scott. »Die Schlange ist weg.«

»Das ist gar nicht hammergeil«, sagte ich, als wir weitergingen, um unser Essen zu holen.

»Keine Schlange am Pizzatag, das finde ich hammergeil. Wann hat es denn das schon mal gegeben?«, meinte er.

»Und weißt du auch, warum hier am Pizzatag keine Schlange mehr ist?«, fragte ich gereizt.

»Na ja, du hast heute bei der Morgenrunde in eurer Klasse ein Mordsding von der Leine gelassen«, antwortete er und nahm sich eine Schokoladenmilch.

»Ich habe heute bei der Morgenrunde kein Mordsding losgelassen«, sagte ich und nahm mir auch eine.

»So hab ich das aber nicht gehört. Ich hab gehört, dass du alles mächtig durcheinandergebracht hast. Ich hab gehört, dass Mr C sogar in den Abfalleimer gekotzt hat!«

»Willst du mich verarschen? Glaubst du wirklich, dass ich das im Klassenzimmer machen würde? Glaubst du wirklich, Mr C würde in den Abfalleimer kotzen?«, fragte ich.

Mrs Lamery von der Essensausgabe musste unser Gespräch mitgehört haben, denn sie sagte hinter der Theke: »Ich hab gehört, Mr C hätte dir auf die Schuhe gekotzt.«

»Niemand hat gekotzt«, schrie ich.

»Okay, bleib locker. Das macht 1,25 bitte«, sagte sie mit einem Lächeln.

»Ich hab gehört, dass er gekotzt hat«, sagte Scott wieder.

»Rrrrrr«, knurrte ich.

3

Warum soll ich überhaupt hinhören?

Nach der Mittagspause machte Mr C endlos mit berühmten Naturwissenschaftlern weiter und erklärte uns, welch große Bedeutung ihre Erkenntnisse bis heute haben. Er sagte, sie hätten Krankheiten geheilt, neue Dinge und Orte entdeckt und versucht, die Welt zu verbessern. »Revolutionäre Denker«, wie Mr C sie immer nennt: Menschen, die nachdenken und Sachen entdecken, die noch keiner vor ihnen jemals erkannt hat. Er meinte, wir sollten auch versuchen, wie große Wissenschaftler zu denken, wenn wir unser Forschungsprojekt für den Präsentationsabend planten. Wir sollten uns eine Idee für das Projekt überlegen und es nächste Woche zur Bewilligung präsentieren.

Ich war immer noch ziemlich sauer, weil man mich anstatt Anthony für einen Stinker hielt. Das Mittagessen war nicht besonders erfreulich gewe-

sen. Ständig sagten die alle so Dinge zu mir wie: »Vielleicht gehst du besser doch zur Krankenstation« oder »Das nächste Mal gehst du gleich aufs Klo.« Und ein paar Mal wurde ich sogar noch als der Stinker bezeichnet. Ich versuchte, nicht weiter darauf zu achten und an irgendwas anderes zu denken.

Also ich finde ja, Mr C übertreibt ein wenig mit der Wissenschaft. Er steigert sich da so rein, dass ihm kein Mensch mehr folgen kann. Wenn er über Wissenschaft spricht, da bin ich mir ziemlich sicher, dann vergisst er völlig, dass wir erst neun oder zehn Jahre alt sind. Ich denke mal, er blickt in unsere gelangweilten Gesichter, sieht aber lauter interessierte Wissenschaftler vor sich. Die meisten von uns träumen derweil schon vom Sportunterricht.

Einige in meiner Klasse können ihn einfach ausblenden und an andere Dinge denken. Ich kann das nicht. Ich höre schmerzhaft jedes Wort, das er sagt. Manchmal versuche ich, mir vorzustellen, ich würde *Tenlax' Wiederkehr von der Seefahrt* spielen, mein Lieblingsvideospiel am Computer. Ich versuche, den Joystick richtig in meiner Hand zu spüren. Ich versuche, den Bildschirm zu sehen und die Geräusche zu hören, doch immer endet es damit, dass ich Mr C zuhöre. Manchmal glaube ich, dass ich der Einzige bin, der ihm zuhört, weil niemand jemals eine Frage stellt oder ihn auch nur ansieht.

Normalerweise mache ich irgendwann den Fehler, ihn anzuschauen. Mein Vater hat mich immer ermahnt, von klein auf, jemanden anzusehen, wenn er mit dir spricht. Jetzt kann ich gar nicht anders, selbst wenn ich es nicht will. Das bringt mir Probleme, denn wenn Mr C Luft holt und sich umschaut, bin ich immer derjenige, der ihn anblickt. Das interpretiert er falsch, hält mich für interessiert und stellt Fragen.

Heute hat er mich gefragt, was ich ändern würde, wenn ich irgendetwas auf der Welt verändern könnte. Ich hab nicht lange gezögert.

»Meinen Sitzplatz.«

Anthony drehte sich um und schaute mich an. Ich starrte zurück.

»Stinker«, sagte er, und die Klasse kicherte.

Und wieder habe ich nichts darauf gesagt.

Wenn ihr jetzt denkt, die Fürze meiner **Mitschüler** wären schon harte Brocken …

… dann kennt ihr meinen VATER noch nicht!

Leben mit dem Oger

Mein Dad nennt sie *S.B.D.* Das ist die Abkürzung für *Silent but deadly*. Leise aber tödlich. Und das sind sie ja auch, diese Fürze, man kann sie absolut nicht hören aber dafür stinken sie bestialisch. Dad scheint eine endlose Liste von witzigen Namen dafür zu haben. S.B.D. ist seine Lieblingsbezeichnung. Wir haben ja alle schon Erfahrungen mit S.B.Ds gemacht, jeder. Vielleicht bist du mal, wie mein Vater es nennt, »in einen reingelaufen«, im Einkaufszentrum, auf dem Schulflur oder im Supermarkt. Du kennst das, oder? Du gehst so vor dich hin, denkst an nichts Böses, und mit einem Schlag wird die Luft widerlich, und du möchtest am liebsten kotzen! Du guckst dich um und versuchst rauszufinden, wer es war, doch das ist unmöglich.

In meinem kurzen Leben von neun Jahren hab ich bis jetzt nur einen Menschen kennen gelernt, der offen zugibt, einen Raum verpestet zu haben; ein Mensch, der sich auch noch an den Qualen zu erfreuen scheint, die die anderen erleiden müssen, wenn er das macht. Wenn das passiert, und es passiert ständig, setzt er sein breitestes Lächeln auf und sagt so etwas wie »oops« oder »der ist einfach so rausgeschlüpft«. Die Sache ist bloß die, dass keiner von denen »einfach so rausgeschlüpft« ist. Er macht das mit Absicht. Das weiß ich genau.

Sein Gesichtsausdruck sagt alles. Er sieht nicht verlegen aus, sondern stolz. Mein Vater! An manchen Abenden lässt er alle fünfzehn Minuten einen fahren. Und die können sich sehen lassen.

Ich nenne sie »D-Bomben«. Ich gehöre zu den Leidtragenden und hab mehr als genug »D-Bomben« abbekommen.

An diesem speziellen Abend hat es sich neulich in etwa so abgespielt. Meine Familie und ich haben ferngesehen, und zuerst war ich mir nicht sicher. Wie ich schon sagte, den einen Augenblick ist alles wunderbar, und im nächsten funkt deine Nase SOS an dein Gehirn. Auf den Gesichtern um mich herum konnte ich dieselbe fassungslose Reaktion erkennen. Meine Schwester, die erst drei Jahre alt ist, flüchtete aus dem Zimmer und hielt sich die Nase zu. Ohne ein Wort zu sagen, war sie einfach aufge-

standen, aus dem Zimmer gerannt und hatte sogar ihre Spielzeugprinzessin auf dem Boden zurückgelassen. Meine Mutter, die gerade eine Zeitschrift las, blickte langsam auf, neigte den Kopf etwas zur Seite und sah in meine Richtung.

»Keith, warst du das?«, fragte sie. Sie fragt immer zuerst mich. Frag mich nicht, warum, denn es ist immer mein Vater. Vielleicht will sie nicht wahrhaben, dass sie mit so einem stinkenden Ungeheuer von Mann verheiratet ist.

»Nein, das war ich nicht«, rief ich.

»Bestimmt?«, fragte sie wieder.

»Ma, ich bin neun Jahre alt. So schreckliche Sachen kann ich gar nicht machen.«

»Tut mir leid«, sagte mein Vater. »Der muss einfach so rausgeschlüpft sein.«

»Also Liebling, das ist wirklich eklig«, bemerkte meine Mutter und hielt sich die Zeitschrift vor das Gesicht, um den widerlichen Gestank abzuhalten. Das Titelbild zeigte eine lächelnde Frau irgendwo an einem Strand. Lady, wenn du riechen könntest, was ich rieche, dann würdest du nicht lächeln, dachte ich. Wenn du riechen könntest, was ich rieche, würdest du aus dem Zimmer rennen, wie es meine kleine Schwester gerade getan hat.

»Kommt nicht wieder vor«, versprach mein Vater scheinheilig. Ich mag ja erst neun sein, aber ich weiß genug, um das nicht zu glauben. Mein Vater sagt immer, es würde nicht wieder passieren, und dann tut er es trotzdem immer wieder. Ich beschloss, dass jetzt ein guter Zeitpunkt war, um ins Bett zu gehen.

»Gute Nacht zusammen. Ich bin dann weg«, verkündete ich unvermittelt.

»Komm mich noch mal umarmen, Kumpel«, sagte mein Vater mit einem fiesen Grinsen im Gesicht.

»Wie wär's, wenn wir das irgendwann nachholen, Dad?«, fragte ich.

»Wie du willst, Sportsfreund. Ich versuche nur, meinem Sohn zu zeigen, dass ich ihn liebe«, bemerkte er, als ich meiner Mutter einen Gutenachtkuss gab. »Komm schon, mein Junge, gib deinem lieben alten Dad ein Küsschen.«

»Gute Nacht, Dad. Vielleicht morgen.«

Noch während ich das sagte, lehnte er sich leicht nach links und ließ wieder einen in das Sofa fahren.

»Obwohl, vielleicht doch lieber nicht«, bemerkte ich.

»Na komm schon, Kumpel. Der ist halt so rausgeschlüpft«, stieß er laut lachend hervor.

5

Großmutter

Der nächste Tag war ein Samstag, und ich hab lange geschlafen. Die Uhr neben meinem Bett zeigte 10:15. Ich schlafe sonst nie länger als acht Uhr, weil meine Schwester Emma immer in mein Zimmer gerannt kommt und mich weckt. Ich setzte mich auf und drehte an dem Plastikstab meines Rollos. Sofort flutete helles Sonnenlicht mein Zimmer, und mir war heiß. Ich stieg aus dem Bett, machte das Fenster auf, und ein angenehmer Wind fuhr durch die Schlitze des Rollos. Was für eine Erleichterung, zur Abwechslung mal frische Luft zu haben. Der Tag gestern hat mir echt gestunken. Jetzt war ich bereit für einen neuen.

Ich liebe Samstage und besonders die, an denen ich nichts tun und nirgendwohin gehen muss. Ich zog mich an und trat aus dem Zimmer, um zu sehen, ob ich vielleicht irgendwas verpasste. Es war kaum zu glauben, wie still alles war, denn unser Haus ist sonst niemals so ruhig. Normalerweise höre ich meine Schwester jede Menge Geräusche eier Dreijährigen machen. Ihre Spielsachen reden und kichern, ihre Harmonika hat ein Mikrofon, in das sie gerne singt, und ihre elektrische Gitarre spielt sie, indem sie auf Knöpfe drückt. Aber heute – nichts von alledem. Es war still.

Als ich langsam die Treppe nach unten ging, hörte ich Geräusche aus der Küche. Meine Großmutter kochte etwas auf dem Herd und hörte dabei Musik. Sie ist keine ganz gewöhnliche Großmutter. Sie mag dieselbe Musik wie ich auch. Und im Augenblick hörte sie meine CD von den *Milkheads* und sang lauthals mit.

»Hallo Oma«, sagte ich.

»Hey, Rockstar. Du hast letzte Nacht sicher gut geschlafen.«

»Ja, schon. Wo sind denn alle?«

»Deine Mutter hat deine Schwester zur Geburtstagsparty ihrer Freundin Emily im Fun Park gebracht. Euer Vater ist mitgegangen. Sie wollten dich wecken, damit du mitgehst, aber ich hab mir gedacht, du willst bestimmt lieber ausschlafen.«

»Danke! Hast du eine Ahnung davon, wie nervig solche Partys sind?«

»Ich bin schließlich nicht dabei, oder?«

»Stimmt, bist du nicht. Danke, dass du mich gerettet hast, Oma.«

»Dafür bin ich doch da, mein Junge. Für dich würde ich alles tun. Das weißt du doch, oder?« Das sagt sie immer zu mir. Und wenn sie das macht, hat sie immer einen echt ernsten Gesichtsausdruck, um sicherzugehen, dass ich auch wirklich verstehe, dass sie alles für mich tun würde.

»Ich weiß, Oma, du bist die Beste.«

»Ja, das bin ich. Ich hab dir auch dein Lieblingsfrühstück gemacht, Eier mit Salsa.«

»Danke.«

»Und wie geht es so, Schätzchen? In der Schule alles in Ordnung?«

»Nicht so ganz«, fing ich an.

»Was ist los?«, fragte sie.

Ich liebe meine Großmutter, aber das war schließlich ein heikles Thema. Sie ist ja echt cool und alles, aber schließlich ging es hier um Fürze. Ich wusste nicht genau, ob sie nicht vielleicht in der Schule anrufen würde, wenn ich ihr von meinem neuen Spitznamen Stinker erzählte, womit sie dann die Dinge für mich nur schlimmer machen würde. Ich konnte mir die Lautsprecherdurchsage am Montagmorgen geradezu vorstellen: »Ich bitte um allgemeine Aufmerksamkeit. Keith Emersons Großmutter hat gerade angerufen, und es hat sich herausgestellt, dass er tatsächlich NICHT während des Unterrichts am Freitag gefurzt hat. Bitte nennt ihn ab sofort nicht mehr Stinker.«

»Alles in Ordnung«, sagte ich.

Es war ihr anzusehen, dass sie mir nicht glaubte. »Okay, aber wenn du dich dazu entschließen solltest, es mir doch zu erzählen, dann bin ich ganz Ohr«, sagte sie und küsste mich auf die Stirn. Zwar schaffte es meine Großmutter, dass ich mich besser fühlte. Aber mir war klar, am Montag in der Schule wartete eine Menge neuer Ärger auf mich.

6

Was soll ich machen? Was soll ich nur machen?

In der Nacht zum Montag konnte ich nicht schlafen. Ich lag nur da und grübelte, was ich als Forschungsprojekt machen könnte. Es müsste etwas wirklich Abgefahrenes sein. Dieses Projekt muss von meinem Spitznamen Stinker ablenken. Etwas, über das alle reden, bei dem alle nur noch »WOW!« sagen konnten. Und natürlich müsste es etwas Einfaches sein. Nicht dass ich faul war, das schon auch, aber ich hatte schließlich noch anderes zu tun, verstehst du? Ich kann mich nicht im Keller einschließen und einen Monat lang durchexperimentieren. Erst kürzlich hatte ich *Das Grauen auf dem Todesmarsch* für meine Playstation bekommen. Ich überlegte, ob Mr C ein Experiment damit genehmigen würde. Ich könnte ausprobieren, wie lange ich spielen kann, ohne rauszufliegen.

Vielleicht könnte ich auch ausprobieren, wie viele Tüten Käsenachos ich essen kann, bis ich sie nicht mehr mag. Das ist wirklich seltsam mit diesen Käsenachos. Ich kann einfach nicht nur einen essen. Ich kann auch nicht aufhören, wenn ich erst einmal damit angefangen habe. Ich sage mir selbst: »Gut, jetzt noch einen einzigen.« Aber dann esse ich doch noch einen und dann wieder einen und so weiter, und ich kann nicht aufhören, bis meine Mutter etwas sagt wie: »Keith, mir wird schlecht allein vom Zusehen. Pack die Dinger weg, bevor du dich selbst in ein Nacho verwandelst.« Ich weiß, ich bin nicht der Einzige, der nicht damit aufhören kann. Bei allen Partys gibt es diese Käsenachos, und die sind immer vor allen anderen Chips alle. Die Leute essen sie bis zum letzten Krümel auf und hoffen, dass der Gastgeber die Schüssel wieder auffüllt. Wenn sie alle aufgegessen sind, machen sich die Leute über die andren Chips her, aber diese Käsenachos sind unvergleichlich. Vielleicht könnte ich herausfinden, was in diesen Dingern drin ist, dass die Leute sie ununterbrochen essen. Es gibt bestimmt eine geheime Zutat, die auf ihre Entdeckung wartet.

Mr C hat gesagt, wir sollten als Forschungsprojekt etwas wählen, über das wir schon etwas wissen, an dem wir bereits Interesse haben. Und dann hat er noch einen Bonus angekündigt. Wer mit seinem Versuch dazu beiträgt, etwas auf dieser Welt besser zu machen, bekommt zusätzliche Punkte. Wenn ich zwei Tage lang ständig *Das Grauen auf dem Todesmarsch* spiele, werde ich darin bestimmt besser. Ich könnte zu Hause bleiben, statt in die Schule zu gehen. Forschung mit einem Videospiel war eindeutig der richtige Weg. Ich konnte es kaum erwarten, Mr C am nächsten Tag davon zu erzählen.

Als ich Mr C dann am Montag darauf ansprach, hatte er für mein Projekt nur ein Wort übrig.

»Nein.«

Er fand nicht, dass es der Welt helfen würde, wenn ich bei *Das Grauen auf dem Todesmarsch* besser würde. Ich brachte das Argument, dass ich später einmal dem Militär helfen könnte, und zwar mit genau den Fähigkeiten, die ich jetzt erlernte. Er sagte, ich müsste der Welt auf eine positive Art helfen.

Am Dienstag versuchte ich es noch einmal, und wieder sagte er: »Nein.«

Er meinte, ich müsste etwas in meinem Leben finden, das mich ärgerte, und dann nach einer Möglichkeit suchen, genau das zu ändern. Sehr wahrscheinlich ärgerte es auch andere Menschen.

»Mach aus Zitronen Limonade«, sagte er. Was immer das auch heißen sollte.

Mr C hatte uns gesagt, dass wir seine Zustimmung brauchten, bevor wir unsere Versuche starteten. Am Mittwoch stellten die Ersten ihre bereits abgesegneten Projekte vor.

Maggie Mender präsentierte eine ökologisch unbedenkliche Reinigungsflüssigkeit, von der ich glaube, dass es einfach Wasser mit einer ausgedrückten Zitrone war, damit es besser roch. Aber Mr C gefiel es. Dann kündigte Peter Jameson an zu versuchen, Bienen ohne Stachel zu züchten, was total schlapp war, weil jeder weiß, dass sein Großvater Bienen züchtet und die Versuche für ihn machen wird. Und schließlich wollte Clara Nasbaum Kleider aus Abfall herstellen. Alle Projekte hatte Mr C bereits gebilligt, und sie schienen ihm zu gefallen. Ich konnte nicht verstehen, warum *Das Grauen auf dem Todesmarsch* schon wieder benachteiligt wurde. Alles, was Mr C dazu sagte, war, dass Wissenschaftler aufmerksam durch die Welt gehen und dadurch zu ihren Versuchen inspiriert werden.

Während ich nun dasaß und mir leidtat, bemerkte ich, wie Anthony leicht seinen Hintern hob. Er tat so, als würde er sich vorbeugen, um einen Bleistift vom Boden aufzuheben, aber auf dem Boden lag gar kein Bleistift. Und noch bevor ich die Hand heben und fragen konnte, ob ich aufs Klo gehen oder mir was zu trinken holen dürfte oder irgendetwas, das mich vor dem unvermeidlichen Angriff auf meine Nase retten würde, war es zu spät. Es hatte mich wieder erwischt.

Anthony drehte sich langsam um und blickte mich an. Er schwenkte den Kopf von einer Seite zur anderen, als würde er »nein« sagen, als könnte er nicht begreifen, was gerade passiert war.

»Ich war es nicht, Anthony. Versuch gar nicht erst ...«, fing ich an.

»Das ist widerlich, Stinker«, sagte er und drehte sich wieder um.

»Ich war das nicht, und das weißt du genau«, schoss ich zurück. Ich war stolz auf mich. Ich hatte mich tatsächlich gewehrt.

»Ach ja, und warum bist du dann so rot im Gesicht? Du bist verlegen. Du musst mal zum Arzt. Kannst du dich nicht zurückhalten? Du bist wie ein Tier im Zoo. Alle wissen, dass du das warst.«

»War ich nicht.« Ich machte das richtig gut.

»Komm schon, Keith, du siehst richtig schuldig aus. Wenn ich gefurzt hätte, würde ich das auch sagen. Das weiß jeder. Aber diesmal warst du es. Gib es doch einfach zu.«

Mr C unterbrach uns. »He, Jungs, wollen wir uns mal wieder auf unsere Forschungsprojekte konzentrieren.«

»Aber Mr Cherub«, fing ich an.

»Keith, wenn du dich nicht wohlfühlst, geh einfach runter auf die Toilette. Darüber haben wir doch neulich schon gesprochen.«

»Aber ich war das nicht.« Jetzt wurde ich langsam wütend.

Ich blickte mich um. Doch da gab es keine freundlichen Gesichter. Die anderen drehten ihre Stühle von mir weg.

Anthony hatte mich soeben in ein Monster verwandelt. Das durfte doch alles nicht wahr sein.

7

Der Abend

Als ich an diesem Abend nach Hause kam, gab es Gemüselasagne zum Abendessen. Ich mag Veggie-Lasagne, wie meine Mutter sie nennt, nicht besonders. Trotzdem aß ich etwas davon. Ich pickte alle Karotten- und Selleriestücke raus, und hinterher ging ich an die Playstation.

Dann meinte meine Mutter, es wäre jetzt Zeit für Hausaufgaben. Meine einzige Hausaufgabe war, mich für ein Thema für mein Projekt zu entscheiden. Ich saß an der Küchentheke und schaukelte mit einem der hohen Stühle hin und her. Das sind natürlich keine Hochstühle wie für ein Baby, sondern einfach hohe Stühle. Das Schaukeln ist nicht so einfach, denn der Küchenboden ist glatt und die Stühle können leicht wegrutschen. Mir ist das noch nie passiert, und ich bin sehr stolz auf meine Geschicklichkeit.

Meine Mutter erwischte mich vom Wohnzimmer aus beim Schaukeln. Ich musste gerade aus ihrem Gesichtsfeld rausgeschaukelt sein. Ich finde es immer interessant, wenn sie fernsieht, vor allem dann, wenn ich meine Hausaufgaben machen muss. Manchmal schaue ich von der Küche aus mit, weil ich den Fernseher im Wohnzimmer von der Küche aus sehen kann. An diesem Abend stand sie auf und kam zu mir.

»Nicht schaukeln«, sagte sie bestimmt.

»Ich …«

Sie kam rüber und blieb neben mir stehen.

»Hör mal, eines Tages fällst du und brichst dir das Genick.«

»Ich wünschte, ich würde mir das Genick brechen. Dann müsste ich nicht an diesem blöden Forschungsprojekt arbeiten«, antwortete ich.

»Ich verstehe nicht viel von Naturwissenschaften, aber ich helfe dir«, sagte sie.

»Bis morgen muss ich mir ein Thema ausgesucht haben. Und das ist schon einen Tag zu spät, weil meine Idee immer wieder abgelehnt worden ist. Jetzt hab ich schon eine Woche drüber nachgedacht, aber mir fällt nichts ein. Mr C sagt, wir sollten den Spuren der großen Denker folgen. Versuchen, irgendwas in der Welt zum Besseren zu verändern.«

»Hm … also … Was möchtest du denn an der Welt verändern?«

»Ich weiß nicht. Ich bin neun. Die Welt an sich ist ziemlich gut, außer der Wissenschaft.«

Ich wusste, dass meine Mutter mir gleich ein paar Vorschläge macht, die ich nicht gut finden würde. Trotzdem tat es mir gut, dass sie wenigstens versuchte, mir zu helfen. Also wartete ich auf die lächerlichen Vorschläge, die gleich aus ihrem Mund kommen würden. Eine Weile dachte sie angestrengt nach. Sie sah aus, als wollte sie sämtliche Rätsel des Universums auf einmal lösen.

»Wie wäre es, wenn du versuchst, einen neuen Dünger für meine Rosen zu entwickeln? Wir könnten verschiedene Sachen mischen und dann ausprobieren, bei welchem die Rosen am besten wachsen.«

»Neeein … Lieber nicht. Das ist irgendwie langweilig.«

»Wie wärs, wenn du mich größaa machst?«, fragte meine Schwester von irgendwo unter mir.

»Wie soll ich dich denn größaa machen?«, fragte ich und sah nach unten in ihr lächelndes Gesicht.

»Du kannst mich langziehen«, sagte sie und streckte ihre Arme nach oben.

»Wie denn?«, fragte ich kichernd.

»Lass mich an den Füßen hängen, bis ich größer bin!«, schrie sie.

»Also, das gefällt mir«, sagte ich und rieb mir das Kinn.

»Danke, dass du versuchst, deinem Bruder zu helfen, Emmaschatz, aber ich finde, du bist genau richtig, so wie du bist«, sagte meine Mutter und kniff ihr in die rosa Pausbacke.

»Ich will von oben runtergehängt werden«, beharrte sie.

In letzter Zeit kriegt meine kleine Schwester nicht genug davon, mit dem Kopf nach unten zu hängen. Ich wusste gar nicht, dass ich so stark bin, aber ich konnte sie tatsächlich für ein paar Sekunden an den Fußgelenken hochhalten. Zuerst hatte mir das gefallen, aber inzwischen war ich es leid geworden. Vor ungefähr einer Woche hatte ich das mal gemacht, und nun fragte sie mich ständig, ob ich es nochmal mache. Zuerst fand ich es auch lustig, aber jetzt war es ganz schön ausgelutscht. Sie bettelt und quengelt, bis ich nachgebe. Meine Mutter findet, das wäre das Süßeste, was sie je gesehen hat. Hat sie gesagt. »Mach mal Pause und lass deine Schwester nach unten hängen. Ich geh schnell und hole die Videokamera.« Sie rannte ins Wohnzimmer. Dann hörte ich sie die Treppe zu ihrem Zimmer hochsteigen.

Ich hatte wirklich keine Lust, Emma mit dem Kopf nach unten hängen zu lassen, aber immerhin würde es mich eine Weile von meiner Hausaufgabe ablenken – also dann. Ich packte sie ordentlich um ihre Knöchel und machte mich bereit, sie mit einem Ruck nach oben zu reißen. Meine Mutter kam mit der Kamera zurück.

»Okay, ich hab's gleich«, sagte sie. »Okay, los, aber sei vorsichtig. Heb' sie nicht zu hoch, nur ein paar Zentimeter über den Boden. Es kann immer was passieren, weißt du ja.«

Langsam zog ich an Emmas Fußgelenken. Sie lachte hysterisch, das Gesicht Ma zugewandt. Meine Mutter drehte den kleinen Bildschirm so, dass Emma sich selbst sehen konnte. Dann kam sie näher, damit Emma sich selbst richtig gut sehen konnte. Sie lachte darüber so laut, wie ich sie noch nie hab lachen hören. Auch meine Mutter lachte. Ich war einfach froh, dass ich nicht an meinem Projekt arbeiten musste.

Das Gelächter meiner Schwester wurde immer stärker. Es war so eine Lache aus dem Bauch heraus, bei der du, wenn du es hörst, gar nicht anders kannst, als mitzulachen, und so lachte ich auch.

Da waren wir also alle vergnügt in der Küche, meine Schwester hing an ihren Füßen, wir alle lachten uns kaputt, und dann ist es passiert.

Mir war schnell klar, warum meine Schwester sich von lautem Lachen zu einem so kreischenden Gelächter steigerte, wie sie noch nie in ihrem Leben gelacht hatte. Sie lachte so sehr, dass sie keine Luft mehr bekam. Sie hatte mich »eingestaubt«.

Ein »Staubiger« ist ein weiterer Ausdruck meines Vaters für einen Furz. Bei diesem hatte es keinerlei Geräusch gegeben. Er hat sich einfach in meine Nase geschlichen wie ein Dieb in der Nacht.

Ich hab es nicht kommen sehen. Ich konnte es nicht fassen. In der Schule bin ich in den letzten Tagen öfter Stinker genannt worden, als ich mitzählen konnte, und jetzt hatte mich meine drei Jahre alte Schwester direkt angefurzt.

Meine Schwester lachte jetzt so schrecklich, dass ihr die Tränen aus den Augen über die rosige Stirn tropften. Ich merkte, wie ich immer zorniger wurde, so zornig wie noch nie zuvor in meinem Leben. Soweit ich mich erinnern konnte jedenfalls. Ich wusste nicht, was ich tun sollte.

Da stand ich, hielt meine Schwester an den Knöcheln, damit sie ihren Spaß hatte, und das war der Dank. Ich weiß nicht, ob ich wegen Anthony und dem ganzen Stinker-Scheiß so wütend auf sie war, aber das hier, das hat das Fass zum Überlaufen gebracht. Ich tat das Erstbeste, was mir einfiel … ich ließ sie los.

8

Heureka

Am nächsten Morgen wachte ich früh auf, noch bevor der Wecker klingelte. Ich war deshalb so ausgeruht, weil mich meine Mutter schon um sieben Uhr ins Bett geschickt hatte, nachdem ich Emma fallen gelassen hatte. Die ganze Nacht musste ich nur über mein Experiment nachdenken. Ich träumte davon, dass ich der Einzige bei der Präsentation war, der kein Projekt hatte. Und dann, ganz plötzlich schlug ich die Augen auf und setzte mich kerzengerade im Bett hin.

Das war perfekt! Ich war ein Genie! Ich stürzte zu meinem Schulrucksack und zog das Blatt mit den Anweisungen heraus. Dann las ich mir die einzelnen Schritte des wissenschaftlichen Vorgehens durch. Es stimmte alles. Ich wusste, was ich erforschen wollte.

Sofort legte ich am Computer los und schrieb so schnell, dass meine Finger kaum nachkamen. Mit

Leichtigkeit füllte ich jeden Abschnitt des Versuchsplans aus. Noch nie in meinem Leben war ich bei einer Aufgabe für die Schule so aufgeregt.

1. Frage:
Kann ich etwas entdecken, was Menschen essen können, damit ihre Gase/Fürze gut riechen?

Ich fragte mich, ob ich das Wort Furz in einer wissenschaftlichen Arbeit verwenden konnte. Wahrscheinlich konnte ich das, denn man hört es ja auch im Fernsehen, und wenn man es im Fernsehen hört, ist es normalerweise in Ordnung, wenn man es selbst benutzt. Aber dann gibt es auch wieder Wörter im Fernsehen, die nicht in Ordnung sind, wenn man selber sie gebraucht. Ich beschloss, mit Gas weiterzumachen. Das klang wissenschaftlicher.

2. Hypothese:
Ich glaube, dass ich in der Lage bin, etwas herzustellen, das die Menschen essen können, was dann ihre Gase gut riechen lässt, weil die Menschen schon immer Dinge entdeckt haben, die ihre Autos, Toiletten und Achselhöhlen gut riechen lassen. Es müsste doch möglich sein, menschliche Gase ebenfalls gut riechen zu lassen.

Es war großartig. Das war es! Ich hatte meine Mission gefunden.

3. Material:
Eine Auswahl angenehm riechender Sachen, die gegessen werden können. Obst, Gemüse, Kräuter, Blütenblätter.

4. Vorgehensweise:
Als Erstes stelle ich eine Skala von eins bis vier auf, die festlegt, wie widerlich die Gase eines Menschen sind. Das ist dann wie mit vergebenen Punkten. 1 ist das am schlimmsten stinkende Gas, 2 bedeutet schlecht, aber nicht am schlimmsten, 3 bedeutet nicht gut, aber auch nicht zu schlecht, und 4 bedeutet gut. Damit jemand eine Vier bekommt, muss das Gas auch tatsächlich gut riechen.

Ich werde Freiwillige brauchen, die an den Versuchen teilnehmen. Sie müssten verschiedene Mischungen essen, die ich zusammenstelle, und mir bei der Überprüfung helfen, ob sich ihr Gasgeruch verbessert. Ich werde das, was ich herausbekomme, aufschreiben und ein Diagramm zeichnen, das meine Ergebnisse zeigt.

5. Ergebnisse:

Das konnte ich noch nicht ausfüllen, weil ich die Versuche ja noch nicht durchgeführt hatte. Daher speicherte ich meine Arbeit auf der Festplatte und druckte sie dann aus, um sie mit zur Schule zu nehmen.

Von unten drang der Geruch gebratenen Specks herauf, und das bedeutete, dass meine Mutter schon aufgestanden war. Und es bedeutete auch, dass ich in zwanzig Minuten aus dem Haus musste, um den Bus zu erwischen. Ich konnte es kaum glauben, dass fast zwei Stunden vergangen waren, seit ich mich hingesetzt hatte.

Angespannt wartete ich darauf, dass der Drucker meine Geistesblitze heraussummte. Dabei guckte ich in den Spiegel und fragte mich, ob sich Einstein so gefühlt hatte, als er die Sache mit $E=MC^2$ herausgefunden hatte, oder der Typ von den Käsenachos an dem Tag, als er den Käse genau richtig hinbekommen hatte.

Das hier war eindeutig ein Wendepunkt in meinem Leben. Jetzt war ich ein großer Denker.

Ich stellte mir vor, wie man sich noch in zweihundert Jahren an mich erinnern würde. Ich wäre dann natürlich schon lange tot, aber alle Leute würden sich an mich wegen meiner Erfindungen und Entdeckungen erinnern. Ich konnte die Statuen meiner Person in großen Universitäten und wissenschaftlichen Museen auf der ganzen Welt geradezu vor mir sehen. Ich konnte Kinder sehen, die in den Schulbüchern der Zukunft etwas über mich lasen. Nur wären die Schulbücher der Zukunft, so stellte ich mir das vor, auf Esspapier gedruckt, und daher würden die Kinder über mich lesen und dann die Seiten aufessen. Ich denke mal, wenn ich in der Zukunft leben würde, hätte ich meine Seiten gerne mit dem Käse der Käsenachos aromatisiert.

»Keith! Der Bus kommt in zehn Minuten. Was machst du noch da oben?«, schrie meine Mutter.

Ich schüttelte den Kopf und sah in den Spiegel über meinem Tisch. Ich sah genauer hin und bemerkte etwas, das sich unter meiner Bettdecke bewegte.

Seit Neuestem findet Emma Verstecken super. Es ist eins der Dinge, die sie am liebsten tut. Das Problem ist: ihr ist nicht klar, dass man sie hören kann, wenn sie sich versteckt. Und jedes Mal, wenn sie sich versteckt, fängt sie an zu kichern. Sie kichert ziemlich laut, und man kann sie immer leicht finden. Außerdem lässt sie normalerweise eine Hand oder einen Fuß oder sogar ihren halben Körper unter dem Ding hervorhängen, unter dem sie sich versteckt, und damit verrät sie sich zusätzlich.

Diesmal war es ihr halber Kopf. Ich konnte ihre blonden Haare auf meinem Bett unter der dunkelgrünen Decke sehen.

»Hm … Ich frag mich, wo Emma steckt«, sagte ich laut.

Gekicher …

»Vielleicht ist sie unter meinem Bett.«

»Neee, bin ich nicht«, rief sie.

»Vielleicht ist sie in meinem Schrank«, sagte ich.

»Neee, bin ich nicht.«

»Vielleicht ist sie …«

»HIER BIN ICH!!!«, rief sie, kam unter meiner Decke hervor und sah aus wie der glücklichste Mensch der Welt.

»Ich hab nicht gewusst, dass du da drunter warst«, sagte ich.

»Ich bin ganz schön raffiniert, was?«, fragte sie ernst.

»Das bist du wirklich. Und weißt du was?«

»Was?«

»Durch dich hab ich die Idee für mein Forschungsprojekt.«

»Versteckst du dich dann auch?«

»Nein.«

»Ziehst du mich lang?«

»Nein.«

Sie zog sich die Bettdecke wieder über den Kopf. »Du findest mich nicht.«

Ihr ist wohl auch nicht klar, dass ich dann, wenn sie sich direkt vor mir versteckt, natürlich weiß, wo sie sich versteckt hat.

»Keith! Was machst du denn noch?«, rief meine Mutter.

»Ich komme«, rief ich zurück.

»Hm ... Wo könnte Emma denn bloß sein?«, sagte ich und tat so, als sei ich ganz durcheinander.

»Mich findest du nie!«

Ich riss ihr mit Schwung die Decke weg. »Erwischt!«, sagte ich. Sie lachte wie verrückt.

Während sie lachte, bemerkte ich die Beule auf ihrer Stirn, die davon kam, dass ich sie fallengelassen hatte. Ich setzte mich neben sie aufs Bett. »Emma«, fing ich an. »Es tut mir echt leid, dass ich dich gestern Abend hab fallen lassen. Ich war nur so sauer, weil du mich eingenebelt hast.«

»Ich weiß«, sagte sie. »Ich hab was Falsches gemacht.«

»Ich hätte das trotzdem nicht machen dürfen. Ich hätte dir echt richtig wehtun können. Kannst du mir verzeihen?«

»Jahaha«, sagte sie. »Kannst du das noch mal machen?«

»Warum sollte ich das noch mal machen?«

»Mir hat's gefallen. Biiite …«

»Keith … der Bus kommt gerade!«, schrie meine Mutter von unten.

»Tut mir leid, Süße. Ich muss los. Wie wäre es später? Dann hänge ich dich an den Füßen auf, aber diesmal lasse ich dich nicht fallen.«

»Prima. Und ich mach keinen Blubber.«

»Das klingt toll.«

Meine Mutter beseht darauf, dass meine Schwester zu Fürzen Blubber sagt. Sie findet das Wort Furz eklig. Ich weiß nicht warum. Alle, die ich an der Schule kenne, benutzen es. Aus welchem Grund auch immer, sie wird echt sauer, und deshalb sind es, wenn ich mit meiner Schwester oder Mutter rede, einfach Blubber oder auch Pupse. Jeder andere auf der Welt nennt die Dinger Fürze.

9

Mache ich das wirklich?

Als ich mich auf meinen Sitz im Bus fallen ließ, erwischte es mich. Plötzlich war ich echt nervös. Es war nicht schwer, sich sowas für das Forschungsprojekt auszudenken, aber es war etwas ganz anderes, meine Idee Mr C und der Klasse vorzustellen. Was, wenn sie mich auslachten? Was hatte ich mir bloß dabei gedacht? Natürlich würden sie lachen. Sie hielten mich doch alle für den König der Fürze von New York. Man braucht nur das Wort Furz zu erwähnen, und schon kichert die halbe Klasse.

Als der Bus die langsame, weite Schleife bis vor den Eingang der Schule fuhr, spürte ich das Adrenalin und meinen Kreislauf pulsieren. Auf einmal schlug mein Herz schneller und schneller. Ich merkte, wie mein Gesicht rot und heiß wurde. Die Busgeräusche wurden lauter. Ich kaute an meinen Fingernägeln, scharrte mit den Füßen und summte vor mich hin. Ich war drauf und dran richtig auszuflippen!

Ich weiß nicht mehr, wie ich aus dem Bus rausgekommen bin. Ich weiß nicht mehr, wie ich in die Schule rein bin und meine Jacke ausgezogen hab. Plötzlich saß ich jedenfalls zusammen mit den anderen in der Klasse, und dann hörte ich Mr C sagen: »Okay, Keith, du bist dran. Hast du dich denn nun für ein Projekt entschieden, das die Welt ein wenig besser machen kann?«

Ich hatte einen Kloß im Hals, der größer war als die Beule auf Emmas Stirn. Mein Magen spielte den wilden Mann, und ich fühlte mich, als würde ich gleich ohnmächtig werden.

»Ich glaube schon, Mr Cherub«, sagte ich.

»Also dann komm jetzt nach vorne und erzähle uns, was du vorhast«, sagte er.

Ich holte tief Luft und trat vor die Klasse. Ein paar Kinder flüsterten verhalten *Stinker*, doch laut genug, dass alle es hören konnten.

Mr C meinte: »Kommt schon, Leute.«

Einige Kinder hielten sich die Nase zu, als ich vorbeiging. Dann war es vollkommen still. Die meisten in der Klasse gaben sich nicht einmal die Mühe, mich anzuschauen. Viele von ihnen waren noch im Halbschlaf.

Ich räusperte mich und sagte leise: »Bei meinem Projekt geht es um Gase.«

»Kannst du das ein bisschen genauer erklären?«, fragte Mr C.

»Ich möchte Versuche mit verschiedenen Nahrungsmitteln machen, um herauszufinden, ob die Gase dann besser riechen.«

Niemand schien mir zuzuhören. Das war gut, denn je weniger die darauf achteten, was ich tatsächlich sagte, desto größer war die Chance, dass Mr C meine Idee ernst nahm.

»Welche Art von Gasen meinst du?«, fragte er.

»Also Gas, das … also, das einen unangenehmen Geruch hat«, wisperte ich.

»Meinst du Abgase?«, hakte Mr C nach.

»So könnte man es nennen.«

»Na, also von welcher Art von Abgasen redest du. Meinst du Auspuffgase?«

»So könnte man es auch nennen.«

»Meinst du das Gas, das hinten aus einem Auto herauskommt?«

Als Mr C ›hinten‹ sagte, hätte ich fast angefangen zu lachen, konnte mich aber gerade noch beherrschen.

»Ja, es kommt hinten raus«, antwortete ich. Die erste Andeutung eines Lächelns schlich über mein Gesicht.

»Bei einem Auto?«, fragte er.

»Nicht so ganz«, antwortete ich.

»Keith, wenn du nicht über das Gas sprichst, das hinten aus einem Auto rauskommt, wovon redest du dann?«

An der Stelle wachten die anderen langsam auf. An ihren Gesichtern sah ich, dass sie mir noch nicht folgen konnten. Sie dachten wahrscheinlich, ich hätte keine Ahnung, wovon ich sprach, und es gibt nichts Spannenderes in der Schule als zuzusehen, wie sich ein anderer Schüler vor der ganzen Klasse total blamiert. Sie setzten sich aufrecht hin, um den Spaß hier durch Stinker zu genießen, ohne zu verstehen, worum es eigentlich ging.

»Also los jetzt, zu welcher Art von Abgasen willst du Versuche machen?«, fragte Mr C. Langsam sah er ungeduldig aus: Er schüttelte den Kopf und bekam große Augen. Man sah ihm an, dass er dachte, ich hätte null Ahnung.

»Sie wissen doch, GAS.«

»Keith, es gibt viele Arten von Gas. Es gibt Methan, Wasserstoff, Kohlendioxid. Sogar Sauerstoff ist ein Gas.« Jetzt schrie er schon fast.

Ich sah, wie sich ein paar Gesichter aufhellten. Hatten sie verstanden, um was es mir ging? Hier und da wurde gekichert. Mr C versuchte, das zu unterbinden, indem er verlangte: »Hört auf zu lachen!« Doch das half nichts. Das Kichern wurde nun ansteckend. Und plötzlich schoss mir Adrenalin durch den Körper, mein Herz raste, als würde ich aus einem Flugzeug fallen. Ich holte tief Luft und versuchte mich zu beruhigen. Die anderen hatten mich nun wohl eindeutig verstanden. Die Aufregung in der Klasse hatte sich so weit gesteigert, dass die Bombe gleich platzen würde.

»Wie wird das Gas in die Atmosphäre abgegeben?«, fuhr Mr C fort.

Die Klasse explodierte vor Gelächter.

»Leute, bitte, Keith versucht, sein Projekt zu erklären.« Nun waren alle hellwach. Im ganzen Klassenzimmer gab es kein einziges verschlafenes Gesicht mehr.

»Wie wird es in die Atmosphäre abgegeben?«, wiederholte er und versuchte, das Gelächter zu übertönen.

»Aus dem Hinterteil«, erklärte ich. Sarah Stanton nahm gerade einen Schluck aus ihrer Wasserflasche und prustete den sofort wieder in Jason Calinos Nacken. Der schien gar nicht darauf zu achten.

»Bitte Leute, beruhigt euch. Es ist nicht gerade höflich zu lachen, wenn euer Klassenkamerad versucht, uns seine Idee zu erläutern. Keith, bitte etwas genauer … dem Hinterteil von was?« Das hatte er schreien müssen, denn die Klasse war nun absolut außer Kontrolle.

»ALSO … DEM VON MENSCHEN!«, schrie ich zurück.

Mr C sagte gar nichts. Er sah mich bloß an. Obwohl: *Ansehen* reicht als Beschreibung nicht ganz aus. Er sah durch mich hindurch. Dann stand Mr C auf und marschierte zum Telefon an der Wand gegenüber. Ich wusste, jetzt würde er den Schulrektor anrufen. Ich war noch nie in meinem Leben im Büro des Rektors gewesen. Das würde sich nun wohl ändern.

10

Im Büro des Rektors

Ich war wie gesagt noch nie im Büro des Rektors gewesen. Aufregung und Angst breiteten sich in mir aus. Einerseits fühlte ich mich als harter Kerl und böse, auf der anderen Seite war mir zum Heulen, denn meine Mutter würde mich umbringen, wenn sie davon erfuhr. Außerdem war ich schlicht verlegen, denn ich hätte es besser wissen müssen und meinem Lehrer keine so abgedrehte Idee vortragen sollen. Ich habe ihn noch nie so wütend gesehen. Er dachte, ich wollte ihn verarschen. Die Klasse war total ausgerastet. Das kennst du doch sicher, wenn irgendwas die Klasse so sehr zum Lachen bringt, dass alles zu spät ist? Dies war so ein Fall. Ich wünschte nur, ich hätte mitlachen können. Aber gerade war mir ganz und gar nicht mehr zum Lachen.

Mrs Barcelona, die Sekretärin, sagte mir, Mr Michaels, der Rektor, wäre bei einer Besprechung,

SCHÜLER
REKTOR

müsste aber jeden Augenblick wieder zurück sein. Während ich in seinem Büro saß und wartete, fiel mir auf, dass ich noch nie mit Mr M gesprochen hatte. Ich wusste von ihm nur, dass er der Rektor war und mich vernichten konnte.

Ich sah, wie er auf das Direktionsbüro zuging. Er trug eine Sonnenbrille wie die Detektive in den 70er-Jahren. Als er die Tür aufmachte, nahm er sie ab und kniff die Augen zusammen, um zu sehen, wer da auf dem Stuhl saß. Eindeutig erkannte er mich nicht. Mein Herz schlug so heftig, dass ich es im Hals spürte.

Er kam herein und warf mir einen tödlichen Blick zu, dann ging er direkt an mir vorbei und flüsterte mit Mrs Barcelona. Kurz schien sie zu lachen oder zumindest zu grinsen, und irgendwie glaubte ich auf seinem Gesicht ebenfalls ein Lächeln zu erhaschen. Dann setzte er ein ernstes Gesicht auf.

Gleich darauf winkte er mir mit der Hand, ich sollte ihm in sein Büro zu folgen. Das stand voll schwerer Holzmöbel.

Der Rektor sammelte Antiquitäten und hatte einige davon in seinem Büro. Das war so ziemlich alles, was ich über ihn wusste. Ich setzte mich auf einen sehr alt aussehenden Stuhl und atmete tief durch.

»Also, Keith Emerson, würdest du mir bitte ein bisschen über diesen Streich erzählen, den du heute Morgen in Mr Cherubs Klasse abgezogen hast?«

»Das war kein Streich, Herr Rektor, das war mein Ernst.« Ich konnte gar nicht glauben, dass er meinen Namen kannte.

»Du hast also nicht absichtlich versucht, deinen Lehrer in Verlegenheit zu bringen oder als Schlaumeier dazustehen?«

»Nein. Mr Cherub hat zu uns gesagt, wir sollten uns auf etwas konzentrieren, das wir kennen, und versuchen, die Welt ein wenig zum Besseren hin zu verändern.«

»Und du hast dich für ein Projekt über Blähungen entschieden?«

»Nein. Es sollte um Fürze gehen.« Ich konnte nicht fassen, dass ich soeben das Wort Fürze gegenüber dem Schulrektor erwähnt hatte.

»Entschuldigung?«

»Nein, ich entschuldige mich.«

Er lächelte.

»Nein, Keith, Blähungen und Fürze sind dasselbe. Vorausgesetzt, wir meinen beide dasselbe.«

Noch erstaunlicher als die Tatsache, dass ich gerade gegenüber dem Rektor das Wort Fürze ausgesprochen hatte, war, dass unser Rektor gerade mir gegenüber das Wort Fürze ausgesprochen hatte. Bestimmt würde ich gleich in Ohnmacht fallen.

»Ich weiß gar nicht mehr, worüber wir eigentlich sprechen«, sagte ich.

»Hast du nicht die ›Leisen-aber-Tödlichen‹ gemeint?«, fragte er.

Das war einfach zu viel. Ich blickte mich um, um sicherzugehen, dass nirgendwo eine versteckte Kamera stand. Ich hatte das deutliche Gefühl, gleich müsste einer dieser penetrant fröhlichen Fernsehmoderatoren hereinkommen und mir erzählen, all das wäre nur ein Jux. Das konnte doch gar nicht wahr sein.

Vielleicht lag ich immer noch im Bett und träumte. Ich schüttelte den Kopf hin und her. Nein, ich war wach.

»Ich denke … also … ja.«

»Okay. Wenigstens sprechen wir über dieselbe Sache. Was genau wolltest du mit deinen Versuchen herausfinden?«

Die nächsten zehn Minuten verbrachte ich damit, Mr Michaels die Sache mit Anthony, den Kindern in meiner Klasse und wie ich zu dem Spitznamen Stinker gekommen bin, zu erklären. Er sah aus, als würde er echt zuhören, machte sich sogar Notizen auf einem Block mit gelben Post-its.

»In Ordnung. Ich werde da noch mal drüber nachdenken und komme dann entweder heute später am Tag oder morgen wieder auf dich zu.«

»Sie meinen, dass Sie mich das vielleicht tatsächlich machen lassen?«

»*Vielleicht* dürfte hier das entscheidende Wort sein. Ich finde es eine sehr eigenwillige Idee, doch sie scheint mit Mr Cherubs Kriterien übereinzustimmen, und es scheint mir, dass du wirklich an dem … äh … Thema interessiert bist.«

»Vielen Dank«, sagte ich. Dann stand ich auf und verließ das Büro. Scott kam gerade mit seiner Klasse den Flur entlang. Alle sahen mich mit diesem »Mensch-hast-du-einen-Ärger-Blick« an, mit dem alle angesehen werden, die zum Rektor müssen. Scott fielen fast die Augen aus dem Kopf. Mit den Lippen formte er lautlos: »Was ist passiert?«, und ich formte ebenso lautlos zurück: »Erzähl ich beim Mittagessen.«

Dann entdeckte ich meine eigene Klasse, die hinter ihm den Flur entlangkam. Alle bedachten mich mit demselben Blick, und Mr Cherub sagte: »Bitte reih dich in die Klasse ein, Emerson. Du und ich, wir sprechen später miteinander.«

»Ist gut«, sagte ich und reihte mich ein. Dann fiel mir auf, dass ich lächelte, und ich konnte mich nicht erinnern, wann ich in der Schule zum letzten Mal gelächelt hatte. Ich hatte dem Rektor gegenübergestanden und überlebt. Ich würde allen anderen davon erzählen können.

Ich biss in mein Schinkenbrot, das meine Mutter mir eingepackt hatte, und sofort zupfte mich jemand am Hemd. Es war Scott. »Ich kann es nicht glauben«, sagte er.

»Was kannst du nicht glauben?«, fragte ich.

»Ich kann nicht glauben, dass Mr Cherub dich zum Rektor geschickt hat, weil du wieder in seinem Unterricht gefurzt hast.«

»Ich hab niemals im Unterricht gefurzt, und deshalb war ich auch nicht beim Rektor«, antwortete ich.

»Aber weshalb warst du denn dann beim Rektor?«

»Wegen meiner Idee für das Forschungsprojekt«, sagte ich.

»Was willst du denn machen?«, fragte er.

»Ich will ein für alle Mal die Sache mit den Fürzen in Ordnung bringen. Ich möchte etwas finden, damit sie besser riechen.«

»Bist du verrückt? Willst du für den Rest deines Lebens Stinker genannt werden? Meinst du etwa, irgendwer möchte mal Mrs Stinker werden, wenn du erwachsen bist?«

»Ich werde nicht für immer der Stinker bleiben. Und davon mal ganz abgesehen, wenn ich die Sache mit den Fürzen in Ordnung bringen kann, gibt es so etwas wie einen stinkenden Furz ja nicht mehr.«

»Dafür bleibst du lebenslang *der* Stinker.«

»Möglich«, antwortete ich. »Wir werden sehen.«

11

Grünes Licht

Als ich mich am nächsten Tag nach der Pause an meinen Tisch setzte, sah ich einen gelben Notizzettel in meinem Fach. Ich lief durch das Klassenzimmer und nahm ihn raus.

Du hast grünes Licht. Ich habe mit Mr Cherub gesprochen, und dein Projekt ist genehmigt. Komm mal in mein Büro.
Mr Michaels

Mr C beobachtete, wie ich die Nachricht las und sagte: »Keith, geh mal runter ins Sekretariat. Mr M möchte dich sprechen.« Die ganze Klasse machte »OOOhhh«, als ob ich großen Ärger hätte. Ich lächelte und machte mich auf den Weg nach unten.

12

Besten Dank, Benjamin Franklin

Ich saß in dem großen Ledersessel Mr Michaels gegenüber. Er war noch am Telefonieren und bedeutete mir mit einer Handbewegung, dass ich kurz warten sollte.

Ich saß da und versuchte, ungezwungen zu wirken. Ich wollte nicht, dass es so aussah, als würde ich ihn anglotzen, deshalb sah ich mich in seinem Büro um.

Sofort blieb mein Blick an seinem Computerbildschirm hängen. Er hatte die Seite einer Suchmaschine aufgerufen. Im Suchfeld standen zwei Wörter.

Das erste war »Franklin« und das zweite »Fürze«.

Nun war ich sicher, ganz bestimmt war ich eingeschlafen und würde bald zu den Düften meiner kleinen Schwester aufwachen, die mich wieder »einstaubte«.

Stattdessen legte Mr Michaels den Hörer auf und sagte: »Aha, ich sehe, du hast meine Nachricht bekommen.«

Ich nickte.

»Ich glaube kaum, dass du das weißt, aber ich bin zufällig ein großer Fan von Benjamin Franklin.«

Mir ist noch nie jemand begegnet, der zufällig ein »GROSSER« Fan von Benjamin Franklin ist. Ich kenne Leute, die Fans der Yankees oder der Mets sind, aber doch nicht von Benjamin Franklin. Das ist fast so, als würde man sagen: »Ich bin ein großer Fan des Typs von den Nachrichten oder des Präsidenten eines weit entfernten Landes.« Das ist einfach Blödsinn.

»Als wir gestern miteinander gesprochen haben, kam mir deine Idee aus irgendeinem Grund sehr bekannt vor. Ich kam aber nicht darauf, woher ... und dann ist es mir auf dem Heimweg blitzartig eingefallen. Mir fiel ein Brief ein, den ich irgendwo gelesen hatte, ein Brief von Benjamin Franklin, den er nannte: ›Ein Brief an eine königliche Akademie‹«

Ich wusste nicht, warum Mr Michaels mir das erzählte. Aber weil er sich so aufgeregt anhörte, war mir sofort klar, dass ich nicht in irgendwelchen Schwierigkeiten steckte. Irgendwie schien es so, als hätte ich mein Glück Benjamin Franklin zu verdanken.

Mr Michaels sprach weiter. »Franklin schrieb diesen Brief 1781 an die königliche Akademie in Brüssel.«

Oh, nein. Ich fing schon an, mich zu langweilen. Er lehnte sich in seinem Sessel zurück und sagte: »Damals im 18. Jahrhundert gab es viele Wettbewerbe, die von Akademien oder Universitäten ausgeschrieben wurden. Die Akademien stellten den Denkern ihrer Zeit eine Frage oder Aufgabe. Franklin schrieb diesen Brief als Vorschlag für einen Wettbewerb. Und in dem Brief schreibt Franklin:« – nun las er vom Computerbildschirm ab – ›Es ist allgemein wohlbekannt, dass bei der Verdauung unserer normalen Nahrung, die da in den Schüsseln der menschlichen Kreaturen geschaffen oder hergestellt wird, eine gehörige Menge Wind produziert wird. Dieser Luft das Entkommen und das Vermischen mit der allgemeinen Atmosphäre zu gestatten ist anstößig für die Gesellschaft wegen der stinkenden Gerüche, die damit einhergehen. Das führt dazu, dass alle wohlerzogenen Menschen zur Vermeidung solcher Ärgernisse gewaltsam die Bemühungen der Natur zurückhalten, diese Winde abzulassen.‹« Hier brach er ab.

»Hast du so weit folgen können?«, fragte er.

»Kein bisschen«, sagte ich.

»Also gut. Was Franklin in seinem Brief sagt, ist, dass jedermann Gas entwickelt. Und dann, dass alle wissen, dass dieses Gas stinkt, und daher bemüht sich jeder, dieses Gas zurückzuhalten, damit er die anderen Leute nicht verärgert.«

»Klingt logisch«, sagte ich.

»Der Brief geht noch weiter ... ›Ginge es nicht um den ekelhaft anstößlichen Geruch, der solches Entweichen begleitet, litten höfliche Menschen wahrscheinlich nicht stärker unter diesem Hemmnis, ihre Winde in Gesellschaft zu entlassen, als dem, sich die Nase zu schnäuben.‹« Wieder brach er ab.

»Hast du mir folgen können?«, fragte er.

»Leider ... nein«, sagte ich.

»Okay. Er sagt, wenn das Gas nicht schlecht riechen würde, müssten sich die Menschen nicht genieren, sich in der Öffentlichkeit zu erleichtern. Dann wäre es nämlich nicht schlimmer, als sich die Nase zu putzen.«

»Gut. Ich verstehe, was Sie meinen«, sagte ich.

Er fuhr fort: »›Meine Preisfrage sollte aus diesem Grunde die sein, ein Mittel zu entdecken, gesund und nicht unangenehm, das, vermischt mit unserer normalen Nahrung und den Soßen, bewirkt, dass die natürliche Abgabe von Winden aus unseren

Körpern nicht nur nicht anstößig, sondern auch angenehm riecht wie Parfüm.‹«

»Parfüm hab ich verstanden«, sagte ich.

»Er schlägt also vor, die königliche Akademie solle jemandem die Aufgabe stellen, etwas zu erfinden, das unter das Essen gemischt die Gase der Menschen gut riechen lässt.«

»He, das ist doch meine Idee.«

»Genau«, sagte er. »Und das ist genau der Grund, warum dein Projekt angenommen wurde. Wie es aussieht, willst du mit deiner verrückten Idee, so seltsam sie auch sein mag, genau die Aufgabe lösen, die Benjamin Franklin vor mehr als zweihundert Jahren der Forschungsgemeinde vorgetragen hat.«

Langsam wurde mir etwas mulmig. Mit einem Mal hatte sich das von einer Idee für einen albernes Forschungsprojekt in etwas viel Größeres verwandelt. Mr M war sehr aufgeregt.

Er fuhr fort. »Es kommt noch besser«, sagte er weiter. »Franklin fährt fort und sagt: ›Es sollte auch bedacht werden, welch geringe Bedeutung für die Menschheit diejenigen hatten oder für welchen geringen Anteil der Menschheit die Entdeckungen in der Wissenschaft sinnhaftig waren, die die Philosophen berühmt gemacht haben. Gibt es heutigen Tages zwanzig Männer in Europa, die glücklicher sind oder es einfacher haben wegen des Wissens, das sie aus den Lehren des Aristoteles gezogen haben? Welchen Trost können die Wirbel von Descartes einem Mann geben, der Wirbelwinde in seinen Eingeweiden hat? Das Wissen von Newtons wechselseitiger Anziehungskraft der Partikel oder der Materie, kann ihm das Erleichterung bieten, ihm, der gequält ist von ihrer beiderseitigen Abneigung … Kann das in Vergleich gesetzt werden mit der Erleichterung und dem Trost, die jeder lebende Mensch siebenmal am Tage empfinden könnte durch freie Entladung der Winde aus seinen Gedärmen? Insbesondere dann, wenn sie in Wohlgerüche verwandelt sind … Und mit Sicherheit ist das freie Herauspressen des Duftenden und das sich Erfreuens aneinander von grenzenlos größerer Bedeutung für das Glück der Menschheit als diese Freiheit der Presse. Und ich kann nicht anders als so schließen, dass im Vergleich mit diesem für den weltweiten und dauerhaften Nutzen die Lehren der oben erwähnten Philosophen schwerlich alle zusammen mehr als einen FURZ wert sind.‹« Danach lachte er.

»Ein bisschen was davon hab ich verstanden«, sagte ich. Aber natürlich hatte ich keine Ahnung von dem, was er gerade vorgelesen hatte.

»Was hast du mitbekommen?«

»Ich hab begriffen, dass er glaubt, die Erfindung von besser riechendem Gas wäre wichtig.«

»Mehr als wichtig. Er sagt, wenn ein Mann etwas entdecken kann, was die Gase der Menschen gut riechen lässt, wäre das die größte Entdeckung aller Zeiten. Im Vergleich dazu wären die meisten andren Entdeckungen und Erfindungen fast nichts mehr wert. Er sagt, das wäre dann DIE Entdeckung Aller Entdeckungen.«

Jetzt wurde mir doch mehr als nur ein bisschen mulmig. Ich musste völlig verrückt sein. Jetzt machte ich nicht nur ein einfaches wissenschaftliches Experiment, jetzt versuchte ich, eine große Aufgabe zu lösen, die von Benjamin Franklin formuliert worden war.

»Ich glaube nicht, dass ich das schaffe«, sagte ich.

»Wie meinst du das?«

»Das ist alles ein bisschen viel. Ich wollte einfach etwas machen, das mir vertraut ist. Ich wollte etwas in Ordnung bringen, was an der Welt schlecht ist. Ich hab nie damit gerechnet, dass sich das als ein so großes Ding herausstellt.«

»Na ja, es hat sich als ein so großes Ding herausgestellt. Und du machst diesen Versuch. Ich beauftrage dich offiziell damit. Wenn du in Naturwissenschaften nicht durchfallen willst, machst du die entsprechenden Experimente. Das war deine Idee, und sie ist großartig. Du solltest stolz sein, dass du eine Idee hattest, die genau so schon Benjamin Franklin vor über zweihundert Jahren hatte. Du bist es dir schuldig, du bist es mir schuldig, und du bist es Benjamin Franklin schuldig, diese Versuche durchzuführen. Und wer weiß?«, sagte er und beugte sich verschwörerisch zu mir vor. »Vielleicht veränderst du ja die Welt?«

Und was jetzt?

Nun hatte ich also die Zustimmung von Mr M, meinem Rektor, von Mr C, meinem Lehrer und obendrein von Benjamin Franklin, dem großen amerikanischen Wissenschaftler. Die Sache zog viel größere Kreise, als ich es mir vorgestellt hatte. Jetzt ging es mit der richtigen Arbeit los. Ich musste entscheiden, was ich ausprobieren wollte, um Gas besser riechen zu lassen.

Ich konnte kaum glauben, was Franklin geschrieben hatte. Es war, als würden wir einander kennen. Ich dachte immer, dass jemand wie er nur unvorstellbare Ideen hat wie die Entdeckung der Elektrizität. Wie in aller Welt konnte jemand so klug über eine so dämliche Sache denken? Ich muss allerdings zugeben, ich hielt mich jetzt auch für klüger, nachdem ich wusste, dass ich eine Idee mit einem so großen Denker teilte, einem revolutionären Denker.

Benjamin Franklin
ICH!

Mal angenommen, ich könnte etwas herstellen, das die Gase der Menschen wie Rosen oder Zuckerwatte riechen lässt. Mal angenommen, dass du, wenn du Gas ablassen musst, das in der Öffentlichkeit machen könntest, und niemand würde dich für eklig halten. Mal angenommen, dass die Leute dir dafür auch noch Komplimente machten …

Du weißt schon, etwa so: »Netter Furz, Keith. Kannst du noch einen loslassen?«

Das wäre komisch, aber es wäre eine Verbesserung. Ich finde, die Welt ist bereit für neue und verbesserte Fürze.

Mr Cherub sagt immer, dass es selbst dann okay ist, wenn ein Wissenschaftler sich irrt. Das Ziel der Wissenschaft ist es, Wissen anzuhäufen und Neues auszuprobieren. Das hier war jedenfalls eindeutig etwas Neues.

Ich dachte nach. Was riecht eigentlich wirklich gut? Rosen tun das. Die Menschen lieben den Duft von Rosen. Vielleicht Zuckerwatte? Popcorn würde einen tollen Geruch geben, Kaugummi, Kirschen, Orangen – praktisch alles wäre besser als das, wie sie zur Zeit riechen. Verdammt, sie könnten wie Pappe riechen, und schon das wäre besser.

Der härteste Teil war bestimmt, die Fürze der Leute zu beriechen, um sie zu bewerten. Mein ganzes Leben lang hab ich gelernt, vor Fürzen davonzulaufen. Geh so weit wie möglich weg und schau dich nicht um. Nun musste ich gegen alles angehen, was mir mein Kopf sagte, und standhaft bleiben. Ich müsste die Fürze meiner Familie riechen. Ich müsste das alles ertragen wie ein Mann. Ertragen im Namen der Wissenschaft.

Mit meiner Familie setzte ich mich am Freitagabend zusammen und erklärte ihnen meinen Plan. Meine Mutter sagte sofort, dass sie das für eine blöde Idee hielt. Mein Vater stimmte ihr zu, doch man sah an seinem Gesicht, dass er am liebsten fürchterlich losgelacht hätte, sich aber mühsam beherrschte. Meine Schwester machte ein verwirrtes Gesicht.

»Ich verstehe das nicht«, sagte meine Mutter. »Warum kannst du denn nicht einfach eine Arbeit über Vulkane schreiben oder einen Tornado in der Flasche machen wie im letzten Jahr?«

»Weil das echte Wissenschaft ist, Ma. Die anderen Versuche waren Kinderkram. Übrigens versuche ich eine Aufgabe zu lösen, die Benjamin Franklin 1781 eingereicht hat.«

»Wovon redest du denn da?«, fragte mein Vater.

»Ich bin mit meiner Idee rausgerückt, und mein Lehrer hat ›nein‹ gesagt, und dann bin ich zum Rektor geschickt worden, und der schien echt sauer zu sein. Aber dann hat er mich in sein Büro geholt und mir gesagt, ich müsste das unbedingt machen, weil Benjamin Franklin die Wissenschaftler schon damals 1781 aufgefordert hat, sowas zu machen, aber keiner hat sich jemals der Aufgabe gestellt, oder sie sind sie nicht ernsthaft genug angegangen, aber ich mach das und …« Ich hatte den Faden verloren, und dann ging mir die Luft aus.

»EINEN AUGENBLICK!«, sagte meine Mutter. »Sei mal für einen Moment still. Hast du gerade gesagt, Benjamin Franklin hatte diese Idee, Gas gut riechen zu lassen?«

»Ja.«

»Und dein Rektor hat dir das erzählt?«

»Ja.«

»Und dieser Brief ist von Benjamin Franklin geschrieben worden?«

»Ja.«

»Ben Franklin, der die Elektrizität entdeckt und die Brille und den Küchenherd erfunden hat?«

»Ja.«

»Und er will, dass du hinkriegst, dass die Fürze gut riechen?«

»Ja doch.«

»Ist das dein Ernst?«

»Natürlich ist das mein Ernst, Ma.«

»Und du erwartest von mir, dass ich glaube, Ben Franklin habe einen Brief über das Furzen geschrieben? Und du willst außerdem, dass ich glaube, euer Rektor hätte dich gebeten, ein Projekt über Fürze durchzuführen?«

Meine Schwester hob die Hand. »Ja, Emma«, unterbrach sich meine Mutter.

Meine Schwester grinste über das ganze Gesicht und sagte mit leiser Stimme: »In diesem Haus sagen wir nicht Furz.«

Meine Mutter schloss die Augen und holte tief Luft. Langsam wurde sie immer frustrierter.

»Er bittet mich nicht, er hat es verlangt. Er sagt, dass mich das vielleicht zu einem großer Denker macht.«

»Er sagt dir, dass dich das vielleicht zu einem großen Denker macht?«

»Ma?«

»JA?«

»Warum wiederholst du ständig alles, was ich sage?«

»Warum wiederhole ich ständig alles, was du sagst?«

»Du hast es wieder gemacht.«

»Ich hab es wieder gemacht? Ich hab es WIEDER gemacht? Ich weiß, dass ich es wieder gemacht habe.

Ich wiederhole ständig, was du sagst, weil ich nicht fassen kann, was du sagst.«

Die nächsten paar Sekunden zogen sich sehr lange hin. Meine Mutter und ich starrten uns an. Beide konnten wir nicht glauben, was der andere gesagt hatte. Mein Vater zog seinen Laptop aus der Tasche, die neben dem Esstisch stand. Schließlich unterbrach die Stimme meines Vaters das Schweigen.

»Er sagt die Wahrheit, Liz«, bemerkte mein Vater einfach.

Auf dem Bildschirm war eine Kopie des Briefs von Benjamin Franklin an die königliche Akademie zu sehen.

»Das ist er«, sagte ich.

Meine Mutter stützte ihren Kopf in die Hände und seufzte. »Die Mädels aus der Elternvertretung werden mir das bis in alle Ewigkeit aufs Brot schmieren.«

»Ma, ich werde in die Geschichte eingehen ... du wirst schon sehen.«

»Genau das befürchte ich ja«, sagte sie und seufzte.

Rubriken

1 = tödlich

2 = ekelhaft

3 = mittelmäßig

4 = erfreulich / angenehm

Dad		Emma	
Datum	Note	Datum	Note

Versuch Nummer eins

Später am Abend stellte ich eine Liste der Sachen zusammen, von denen ich annahm, dass sie vielleicht helfen könnten, Fürze besser riechen zu lassen.

Meine Liste

Rosenblütenblätter
Gänseblümchen
Parfüm im Essen
Ein Löffel Zucker
Zuckerwatte
Kräuter
Geriebene Zitronenschale
Seifenflocken
Blütenstaub
Babypuder

Ich beschloss, noch heute Abend meinen ersten Versuch zu starten. Warum abwarten und sich Gedanken machen. Ebenso gut konnte ich mit der Arbeit loslegen. Als Erstes beschloss ich, meine Familienmitglieder auf eine strenge Diät zu setzen, denn dann würden sich die Nahrungsmittel, die sie zu sich nahmen, nicht ändern. Es würde sich nur das ändern, was ich ihnen zusätzlich gab. Bis zur Projektpräsentation hatte ich einen Monat Zeit. Ich würde ihnen vier Dinge zu essen geben, jedes davon eine Woche lang, und dann abwarten, ob sich ihr Gasgeruch in irgendeiner Weise verbesserte.

Ich rief alle zusammen und erklärte ihnen meine Vorstellungen. »Ich mache nicht mit«, fing meine Mutter an.

»Aber was ist damit, deinen Sohn zu unterstützen?«, fragte ich.

»Du hast da etwas sehr Wichtiges vergessen, Keith«, sagte sie.

»Und was ist das, Ma?«

»Du vergisst, dass ich gar kein Gas von mir gebe. Eine Dame tut sowas nicht.«

»Jetzt hör aber mal, Ma. Du willst mir erzählen, dass du nie Gas von dir gibst?«

»Jetzt wiederholst du die Dinge«, bemerkte sie.

»Niemals nie?«

»Nicht einmal«, behauptete sie. Mein Vater fing an zu lachen.

»Von dir will ich gar nichts hören, Mr Oops«, sagte sie.

»Keith, jetzt hör mir genau zu. Ich scheide kein Gas aus, und ich will auch nicht an deinem kleinen Furzwettbewerb teilnehmen. Ich werde dich unterstützen und dir in jeder Weise helfen, die mir möglich ist, doch ich werde kein Gegenstand deiner Versuche sein.«

»Ich will bei dem Wettbewerb mitmachen«, rief meine Schwester. »Kann ich einen Preis gewinnen?«

»Nicht so richtig«, antwortete ich. »Es ist nicht diese Art von Wettbewerb, Emma. Es ist überhaupt kein richtiger Wettbewerb. Ich möchte einfach nur herausfinden, ob ich es hinkriege, dass Fürze gut riechen.«

»In diesem Haus sagen wir nicht Furz«, beharrte meine Schwester. »Wir nennen sie Blubber. Und Blubber riechen nicht gut. Sie riechen eklig«, sagte sie und verzog das Gesicht.

»Ich weiß. Ich versuche sie zu reparieren, damit sie gut riechen.«

»Deine Schwester und ich würden dir gerne dabei helfen«, warf mein Vater ein.

»Prima. Das Erste, was wir zu besprechen haben, ist euer Speiseplan. Ihr müsst einen Monat lang dasselbe essen. Wir können euren Speiseplan in keiner Weise ändern, denn das würde die Ergebnisse verfälschen.«

»Ich möchte Kekse essen«, sagte meine Schwester.

»Ich auch«, fügte mein Vater hinzu.

»Bestimmt nicht«, warf meine Mutter ein. »Ich werde euch jeden Abend Hühnerbrust mit Reis und Salat machen.«

»Ich will nicht Salat und Hühnchen, ich will Kekse«, wiederholte meine Schwester.

»Du kannst nicht einen ganzen Monat lang nur Kekse essen«, wandte meine Mutter ein.

»Dann will ich Kekse und Eis.«

»Du wirst Hühnchen essen, weil das gut für dich ist. Du kriegst außerdem Reis und einen Salat. Und wenn du all das jeden Abend isst, dann backe ich dir auch Kekse. Ist das ein Vorschlag?«

»Okay, aber dann will ich bloß die Kekse. Das Hühnchen muss ich dann doch nicht essen?«

»Emma, willst du bei dem Versuch von deinem Bruder mitmachen oder nicht?«

»Das will ich schoooon«, sagte sie weinerlich.

»Okay, dann wirst du essen, was Mami für dich macht.«

»Is gut«, sagte sie, wieder weinerlich.

»Wir müssen zu eurem Essen immer noch eine Sache dazutun. Ich möchte, dass ihr das eine Woche lang zusammen mit eurer anderen Nahrung esst. Ich gehe nach meiner Rubrik vor und behalte jede Verbesserung im Auge. In der ersten Woche müsst ihr das essen, was Ma euch macht, damit ich eine genaue Vorstellung davon bekomme, wie schlimm eure ›Blubse‹ sind.«

»Wann willst du damit anfangen?«, fragte mein Vater.

»Wie wäre es mit heute Abend?«, fragte ich zurück.

Wir aßen, und dann ging ich in mein Zimmer und wollte Playstation spielen. Ich hatte gerade angefangen, als meine Schwester hereinkam.

»Ich bin bereit«, sagte sie.

»Bereit zu was?«, fragte ich.

»Ich bin bereit, für dich einen Blub zu machen.«

»In Ordnung«, sagte ich. »Lass ihn noch nicht los. Ich muss erst meinen Notizblock holen.« Als ich losging, merkte ich, wie mir ein bisschen schlecht wurde. Wollte ich wirklich, dass meine kleine Schwester jetzt einen Furz ließ, und den dann absichtlich beriechen? In diesem Augenblick wurde mir klar, worüber Franklin sprach, wenn er sagte, das würde die größte Entdeckung aller Entdeckungen. Der Mensch, der die Versuche durchführte (ich) würde Fürze beschnuppern müssen, bis sich ein Heilmittel fand. Ich beschloss, dass es in Ordnung war, ein paar Wochen lang jede Menge Fürze zu riechen, wenn es dafür die Chance gab, das Problem ein für alle Mal zu lösen.

»Okay, lass ihn los«, sagte ich zu meiner Schwester. Ich wartete, hielt meinen Bleistift und mein Klemmbrett bereit und war auf das Schlimmste gefasst. Es war, wie darauf zu warten, dass einen jemand zwicken würde. Eigentlich wollte ich schlicht wegrennen. Aber das tat ich nicht, und sie tat es auch nicht. Ein paar Augenblicke lang starrten wir uns einfach an.

»Ich kann nicht«, sagte sie schließlich und ließ den Kopf hängen.

»Warum nicht?«, fragte ich.

»Ich glaub, ich hab Angst.« Dann fing sie an zu weinen. »Mami ... ich kann keinen Blubber machen. Ich kann keinen Blubber machen!«, schrie sie und rannte laut heulend aus meinem Zimmer.

Ich saß da, schüttelte den Kopf und fragte mich, auf was ich mich da eingelassen hatte. Wenn ich was über Vulkane gemacht hätte, wäre ich bestimmt schon längst fertig. Ich hätte wieder den Tornado in einer Flasche machen können, und dafür hätte ich kaum länger gebraucht als die paar Minuten, um eine Sprudelflasche von anderthalb Litern mit Wasser zu füllen.

Doch bevor ich mich versah, erschien mein Vater in der Zimmertür.

»Ich melde mich zum Dienst. Ich fürchte, du bist der Nächste, der hier unter Tränen rausrennt.«

»Oh nein …«, stöhnte ich.

»Da hast du ganz Recht, oh nein«, sagte er. »Oh nein, in der Tat, mein Sohn.«

15

Ich würde alles für dich tun

Am Samstagmorgen wachte ich auf und hatte das Gefühl, überhaupt nicht geschlafen zu haben. Du kennst das sicher, dass du morgens aufwachst und dieselben Gedanken hast wie am Abend davor. Das war so ein Morgen. Als ich eingeschlafen war, hatte ich über mein Projekt nachgedacht, und nun wachte ich auf und dachte sofort wieder an mein Projekt. Ich denke mal, ich konnte gar nicht anders, jetzt, wo mein Schulrektor total neugierig darauf war, was ich tat, und ich drauf und dran war, eine Aufgabe zu lösen, die Benjamin Franklin vor über zweihundert Jahren gestellt hatte und … plötzlich fiel mir auf, dass es in unserem Haus schon wieder so still war. Genauso wie letzten Samstag. Ich wusste, dass meine Eltern zum Baumarkt wollten, um Farbe für ihr Zimmer zu kaufen, aber ich glaubte kaum, dass sie ohne mich gefahren wären. Sie ließen mich nie alleine zu Haus. Und ich glaubte auch nicht, dass alle noch schliefen. Ich schaute zu meiner Uhr, auf der ich aber ohne Brille nichts erkennen kann. Ich tastete auf meinem Nachttisch herum, setzte meine Brille auf und sah, dass es schon 10.00 Uhr war.

»Wow«, sagte ich laut, um die Stille zu beenden.

»Wow stimmt«, kam sofort eine Stimme zurück. Es war Scott, der an meinem Tisch vor dem Bildschirm saß und Computercomics las.

»Was machst du denn hier?«, fragte ich.

»Die richtige Frage wäre: Was machst du noch hier? In zwanzig Minuten haben wir ein Baseballspiel, und du verschläfst den halben Tag.«

»Warum sitzt du dann einfach da und weckst mich nicht? Wo ist meine Familie?«

»Das sind genau genommen drei Fragen. Erstens bin ich hier gesessen und habe deine Notizen zu dem Forschungsprojekt gelesen. Du bist schon ziemlich durchgeknallt, weißt du? Zweitens, ich hab dich nicht geweckt, weil ich auf meinem Rechner keine Computercomics hab, also hab ich was aufzuholen. Und drittens, deine Familie ist weggefahren. Sie haben gesagt, du bist zu bekloppt, um dich mitzunehmen, wo du jetzt ein Ganztags-Furzschnüffler bist.«

»Sehr witzig. Wo sind sie alle?«, fragte ich, während ich meine Baseballsachen zusammensuchte.

»Deine Großmutter ist mit Emma im Garten. Sie hat mir gesagt, ich soll reinkommen und dich wecken. Sie hat mir ein Loch darüber in den Bauch gefragt, was eigentlich an der Schule los ist mit dir.«

»Was meinst du damit? Was hast du ihr erzählt?«

»Nichts. Ich hab ihr nur gesagt, dass dich jetzt alle in unserer Schule den Stinker nennen.«

»Was redest du denn da? Warum hast du das meiner Großmutter erzählt?«

»Sie hat mir einen ganzen Haufen Kekse gegeben, und ich hatte einen richtigen Zuckerrausch. Ich schätz mal, ich hab einfach nicht nachgedacht«, sagte er und las dabei weiter meine Onlinecomics.

Ich ging ins Bad, um mich für das Baseballspiel anzuziehen. Eine Weile stand ich nur da und schaute in den Spiegel. Was sollte ich Großmutter jetzt sagen?, überlegte ich. Was sollte ich am Projektabend machen, wenn ich mein Experiment vorstellen musste? Und dann plötzlich fiel es mir siedend heiß ein. Mein Herz fing an zu rasen, und ich bekam schweißige Hände. Dann holte ich tief Luft. Unser Gegner heute im Baseball war niemand anderes als das Team von Anthony Papas.

16

Hört alle mal her!

Baseball ist normalerweise der Höhepunkt meiner Woche, besonders wenn das Wetter stimmt. Und das Wetter stimmte genau. Für Ende April war es richtig warm. Ich brauchte nicht mal eine Jacke oder ein Sweatshirt.

Ich blickte aus dem Fenster auf die Stadt, die an uns vorüberzog; neben mir saß Scott, eingezwängt zwischen Emma und mir auf dem Rücksitz von Großmutters Wagen.

»Warum hast du mir nichts davon erzählt, dass du Probleme mit Blähungen hast?«, fragte Großmutter vom Fahrersitz.

»Ich habe keine Probleme mit Blähungen«, antwortete ich und spürte, wie meine Backen vor Verlegenheit heiß wurden.

»Das ist doch okay, Liebling. Das passiert jedem mal. Neulich im Supermarkt habe ich einen rausgelassen, während ich an der Kasse anstand. Was soll man da machen?«

»Meine Ma sagt, dass eine Dame niemals einen Blubber macht«, krähte Emma.

»Deine Ma ist vielleicht eine Ausnahme. Aber sonst lassen alle Blubber raus«, meinte Großmutter.

»Was ist ein Blubber?«, fragte Scott.

»Ein Furz«, platzte es aus meiner Schwester heraus.

»Emma, du weißt doch, dass Ma das Wort nicht ausstehen kann.«

»Welches Wort?«, fragte Scott.

»Furz«, sagte ich.

»Warum?«

»Ist halt so.«

»Dann gefällt ihr deine Arbeit für die Präsentation in Naturwissenschaften bestimmt ganz besonders.«

»Was ist denn dein Projekt für die Präsentation, Keith?«, fragte Großmutter.

»Danke, Scott. Ich wollte das eigentlich nicht überall rumposaunen.«

»Er versucht etwas zu entdecken, damit Fürze, ich meine Blubber, gut riechen«, sagte er.

»Hmmm«, machte Großmutter mit einem Lächeln.

»Ich hätte gern, dass meine wie saure Gurken riechen«, verkündete Emma.

»Und meine sollten wie Pizza riechen. Ich liebe den Geruch von Pizza«, sagte Scott.

»Mir würde gefallen, wenn meine wie Orchideen riechen«, sagte Großmutter.

»Ich übernehme keine spezifischen Aufträge. Ich versuche einfach hinzukriegen, dass sie nicht so schlimm riechen. Und das ist an sich schon lächerlich. Ich bin mir ziemlich sicher, Mr C hofft nur, dass ich mich damit zum Narren mache.«

»Da bin ich mir nicht so sicher. Nach dem Interview in der Zeitung zu schließen, ist er ziemlich aufgeregt«, wandte Scott ein.

»Welche Zeitung? Wovon redest du da?«

»Vom *Daily*. Heute Morgen war es drin. Fast eine halbe Seite lang. Es war ein Bild von dir drin und eines von Benjamin Franklin, direkt nebeneinander. Ich glaube, die haben das Foto aus der zweiten Klasse von dir genommen. Erinnerst du dich an das, auf dem du halb lächelst und halb das Gesicht verziehst, als hättest du dir gerade mächtig den Zeh gestoßen?«

»Was sagst du da? Die haben mit dem *Daily* über mein Projekt gesprochen? Warum haben sie das Interview dann nicht mit mir geführt?«

»Das weiß ich doch nicht. Mr C und Mr Michaels sind beide interviewt worden. Mr Michaels hat erzählt und erzählt, er hat gesagt, es könnte die bedeutendste Entdeckung der Wissenschaft werden, wenn du es schaffst. Er ist ein echt großer Fan von Benjamin Franklin, weißt du.«

»Ja, das weiß ich. Das weiß ich schon«, sagte ich und starrte wieder aus dem Fenster.

17

Ruhm und Schande

Als ich das Spielfeld erreichte, fiel mir gleich etwas auf. Es kam mir so vor, als würden mich alle anstarren.

Ich stellte meinen Schläger hinter die Spielerbank, auf die ich mich dann neben Scott setzte. Großmutter gab mir einen Kuss auf den Kopf und meinte, sie wäre mit Emma bei den Schaukeln. Unser Trainer Willie kam auf mich zu und schlug mir echt fest auf den Rücken.

»Sieht so aus, als wärst du berühmt, Gasmann? Warum hast du mir nie erzählt, dass du so ein Forschergenie bist?«

»Bin ich nicht. Ich bin nur …«, fing ich an.

»Ich finde das großartig. Versuch bloß, klaren Kopf zu behalten – die viele Aufmerksamkeit kann einem ganz schön auf die Nerven gehen.«

»Okay, Willie«, sagte ich.

Ich blickte über das Spielfeld und entdeckte Anthony. Das hatte mir gerade noch gefehlt. Am liebsten wäre ich unter die Bank gekrochen und hätte dort gewartet, bis alle weg waren. Aber da ich unser anführender Schlagmann war, zog ich meinen Schlaghelm an und ging zum Schlagmal. Der erste Wurf segelte an mir zu Strike eins vorbei. Ich war mir nicht sicher, ob ich mir das nur einbildete, doch ich meinte zu hören, wie die andere Mannschaft irgendwelche Geräusche machte. Der zweite Ball flog vorbei – Strike zwei. Ja, sie machten eindeutig ein Geräusch, aber ich konnte nicht erkennen, was es war. Strike drei. Als ich zurück zur Bank ging, hörte ich es genau: Sie alle machten leise Furzgeräusche. Anthony lachte so laut, dass ich ihn hören konnte, obwohl er weit draußen links im Feld stand.

Das Spiel ging durch alle sieben Runden mehr oder weniger so weiter bis zum Ende der siebten. Nun war ich Werfer, weil Harry G seine Sache vermasselt hatte. Der Coach lässt mich fast nie werfen, es sei denn, die anderen Werfer machen wirklich nur Mist. Normalerweise freue ich mich, wenn ich mal werfen darf, aber heute wollte ich nicht noch mehr Aufmerksamkeit auf mich ziehen, als sowieso schon da war.

Den Trainer kümmerte das wenig. Er schickte mich trotzdem zum Werfen. Ich warf ein paar Bälle zum Aufwärmen und hob dann den Daumen zum Zeichen, dass ich so weit war. Die andere Mannschaft hatte sich schon hingesetzt. Ich hätte es wissen müssen. Anthony war als Nächster an der Reihe und hatte bereits den Helm aufgesetzt. Er ging zum Schlagmal, wobei er bei jedem Schritt ein Furzen von sich gab. Seine Mannschaftskameraden machten alle dasselbe Geräusch. Sogar einer ihrer Trainer beteiligte sich daran. Anthony grinste von einem Ohr bis zum anderen. Er musste so sehr lachen, dass er nicht einmal nach dem ersten Wurf schlug. Den zweiten Wurf verfehlte er, und er trat sogar aus dem Schlagmal heraus und winkte seiner Mannschaft, noch lautere Furzgeräusche zu machen. Dann hielt er sich die Nase zu und zeigte auf mich.

Es war total demütigend. Ich spürte, wie sich in mir die Wut aufstaute, genau wie an dem Abend mit Emma. Ich bemerkte Großmutter, die hinter der Bank stand und alles beobachtete. Ich konnte nicht einmal den Kopf heben, so verlegen war ich. Einen Augenblick lang dachte ich, ich müsste zu heulen anfangen. Die andere Mannschaft machte immer weiter.

Schließlich stand eine Mutter von den anderen auf und schrie: »Das reicht jetzt! Hört alle damit auf und bringt endlich das Spiel zu Ende!«

Da hörte die andere Mannschaft auf. Die Jungen grinsten zwar immer noch, doch sie hörten auf. Es war totenstill, man hätte eine Stecknadel fallen hören. Ich stand einfach da, wie erstarrt. Ich befand mich in einer Art Schockzustand oder so. Ich konnte nicht die Position des Werfers verlassen, nicht einmal den Kopf heben. Ich stand einfach da und blickte auf den Boden. Jetzt musste ich eindeutig anfangen zu weinen und konnte spüren, wie die Tränen aufstiegen. Ich schluckte schwer und versuchte, sie zurückzuhalten.

Da passierte es. Ein lauter Furz dröhnte durch die Stille wie ein Peitschenknall. Das Geräusch hallte über das Spielfeld, und es schien, als wollte es sich dort für immer festkrallen. Ich sah auf, und alle Blicke, die während des ganzen Spiels unverrückbar an mir geklebt hatten, waren mit einem mal nur noch auf meine Großmutter gerichtet.

18

Was hast du dir dabei nur gedacht?

Auf der Heimfahrt sagte zuerst mal ganz lange niemand etwas. Großmutter, Scott, Emma und ich saßen einfach schweigend da. Großmutter fuhr. Schließlich konnte ich mich nicht mehr zurückhalten.

»Was hast du dir dabei gedacht?«, fragte ich und stöhnte.

»Ich hab versucht, all die schreckliche Aufmerksamkeit von dir abzulenken, mein Schatz«, sagte sie mit einem Lächeln.

»Und dazu ist dir nichts Besseres eingefallen? Ich bin an der Schule schon als der Stinker bekannt, und jetzt wirft meine Großmutter auch noch eine Megabombe ins Spiel. Das wird mich völlig vernichten.«

»Ich glaube, du übertreibst. Das wird sich zum Guten für dich auswirken. Jetzt reden sie über mich und nicht mehr über dich. Von jetzt an bin ich Stinker. Wie findest du das?«

»Das ist geil«, warf Scott ein.

»Nein, das ist nicht geil«, schoss ich zurück.

»Natürlich ist es das. Sie hat dich gerade gerettet, Keith.«

»Keith, ich hab dir immer schon gesagt, dass ich alles für dich tun würde. Und wenn das bedeutet, öffentlich einen Blubber abzulassen, um dich vor diesen gemeinen Kerlen zu retten, dann blubber ich gerne so vor mich hin, mein Junge.«

»Das ist so was von geil!«, sagt Scott lachend.

Ich sah nur aus dem Fenster.

19

Erledigt

Als wir von dem Spiel zurück nach Hause kamen, war es schon halb eins. Unsere Eltern waren aus dem Baumarkt zurück. Sie standen vor dem Haus und sahen nach den Blumen. Mein Vater hatte zum ersten Mal in diesem Jahr den Rasenmäher rausgeholt.

»Wie war das Spiel, Kumpel«, fragte er, als ich die Haustür erreichte. Ich ging einfach weiter.

Ich rannte hoch in mein Zimmer, warf mich aufs Bett und fing an zu weinen. Dieses Forschungsprojekt ruinierte gerade mein Leben. In der vergangenen Woche hatte ich den Spitznamen Stinker bekommen, war zum Rektor geschickt worden, hatte meine Schwester fallen lassen, war in der Zeitung blamiert worden – und nun war auch noch meine eigene Großmutter in den Stinker-Club eingetreten.

Langsam machte mein Vater die Tür auf. »He, was ist denn mit dir los? Großmutter sagt, du hättest heute ein interessantes Spiel gehabt.« Er kam durchs Zimmer und setzte sich auf mein Bett. »Weißt du, deine Großmutter hat nur versucht, dir auf ihre etwas verschrobene Art zu helfen. Mir war nicht klar, dass du so viel Ärger mit den anderen Kindern hast. Ich wünschte, du hättest uns davon erzählt, dann hätten wir versuchen können, dir zu helfen.«

»Ich weiß, Dad. Tut mir leid. Ich hab halt einfach eine schlechte Woche gehabt. In der Schule denken alle, dass ich im Unterricht gefurzt hab, und jetzt nennen sie mich den Stinker. Die ganze vierte Klasse lacht über mich.

Und dann hatte ich auch noch diese verrückte Idee, die Fürze zu verbessern, und der Rektor ist dafür, dass ich das auch mache.«

»Ich weiß, wie du dich fühlst, mein Freund. Manchmal läuft einfach alles schief. Dann muss man einfach nur weitergehen, und eh man sich's versieht, hast du es überlebt, und die Dinge bessern sich wieder.«

»Danke, Dad. Ich weiß, dass es wieder besser werden wird. Ich krieg nur dieses Projekt nicht hin, und ich werde nicht mit Anthony Papas fertig.«

»Sohn.«

»Ja, Dad.«

»Da wir gerade von so unerfreulichen Dingen reden, denke ich, du solltest vielleicht dein Klemmbrett holen.«

»Ich hab mich grad im Kissen vergraben. Warte noch einen Augenblick.«

»Ich glaube, wir können uns auf eine Nummer 1 auf deiner Skala gefasst machen, Kumpel«, drängte er.

»Das passt genau dazu, wie es mir schon den ganzen Tag geht.«

Nicht so einfach

Am Ende der zweiten Woche meiner Versuche, zwei Wochen vor der geplanten Präsentation der Projekte, wurde mir klar, dass ich ein Problem hatte. Meine beiden besten Annahmen hatte ich an meinem Vater und meiner Schwester ausprobiert. In der zweiten Woche streuten wir Rosenblütenblätter über ihr Essen. Sie bewirkten gar nichts. In der dritten Woche gab ich ihnen jeweils einen Löffel Backnatron, weil es heißt, dass Backpulver Gerüche absaugt. Ich kann dir sagen, es hat die Gerüche meines Vaters nicht im Geringsten abgesaugt. Ich saß an meinem Schreibtisch und ging immer wieder meine Eintragungen der letzten beiden Wochen durch. Ich hatte Seite um Seite mit Eins und Zwei aus meiner Skala. Kein einziger Furz war auch nur in die Nähe einer Drei oder gar Vier gekommen.

»Meine Schwester kam ins Zimmer und verkündete: »Ich bin bereit, jetzt für dich zu blubbern.«

»Na großartig«, sagte ich sarkastisch.

»Vielleicht riecht der ja jetzt gut, Keith«, sagte sie mit hoffnungsvollem Blick.

»Da hab ich meine Zweifel«, meinte ich nur.

»Ich glaub, der riecht wie saure Gurken«, flüsterte sie, als wäre das ein Geheimnis.

»Du hast heute ja nicht einmal saure Gurken gegessen«, erinnerte ich sie lächelnd. Meine Schwester ist manchmal einfach der süßeste Mensch auf der

Welt. Trotz aller Enttäuschung bekam ich einfach gute Laune, wenn sie in meiner Nähe war.

»Ich weiß, aber ich hab den ganzen Tag an saure Gurken gedacht«, antwortete sie. Dann rieb sie sich langsam das Kinn mit der rechten Hand, als ob sie ein Detektiv wäre. Der Kater in ihrer Lieblingstrickserie macht das auch, wenn er versucht, ein Geheimnis zu ergründen.

»Findest du wirklich, dass ein Furz, der nach sauren Gurken riecht, irgendwie besser ist als ein normaler langweiliger Furz?«, fragte ich.

»Ich mag saure Gurken. Und Ma sagt, wir sollen nicht Furz sagen.«

»Also … wenn ich jemals herausfinde, wie ich Blubber besser machen kann, mache ich für dich einen Geruch nach sauren Gurken.«

»Jetzt kommt's«, sagte sie.

Ich wartete.

Ihr Gesicht wurde so rot wie ein Apfel, als sie versuchte, ihn rauszuzwingen. Dann durchbrach ein hauchdünnes Fiepsen die Stille.

Der jedenfalls riecht eindeutig nicht nach sauren Gurken«, sagte ich.

Nachdem Emma mein Zimmer verlassen hatte und ins Bett ging, sah ich mir noch einmal die Daten meines Vaters genauer an. Seine schienen schlimmer zu werden. Oder vielleicht lag es auch nur daran, dass ich in den letzten Wochen so viele von ihnen gerochen hatte. Er hatte eindeutig viel zu viel Spaß an der ganzen Sache. Er war schon immer ein Furzer, doch nun benahm er sich, als ob ich glücklich sein müsste, dass er so viel furzte. Ich hörte ihn die Treppe nach oben kommen.

»Ich bin bereit und willens, im Namen der Wissenschaft zu helfen«, verkündete er, als er bei mir in der Tür stand.

»Toll«, sagte ich, ohne aufzublicken.

»Ich befürchte, der gehört jetzt nicht zu denen, auf die du hoffst, Kumpel.«

»Also dann lass es uns doch einfach hinter uns bringen.«

»Ich hab dich gewarnt. Ich denke, da kommt eine weitere Eins auf deiner Skala auf uns zu.«

21

Die Niederlage

In der nächsten Woche lief alles ziemlich genauso. Ich gab ihnen dreimal am Tag eine Mischung aus Zitronen, Limonen und Apfelsinen zu ihrem Essen. Meine Schwester und mein Vater kamen mehrfach am Tag zu mir ins Zimmer und stanken es ordentlich voll. Kein einziges Mal konnte ich eine Drei oder eine Vier in meine Liste eintragen. Ihre Fürze stanken weiter nach Fürzen, ganz egal, was ich unternahm, um sie zu verbessern. Fürze bleiben einfach Fürze, entschied ich schließlich. Man kann sie nicht in Ordnung bringen. So ist es eben.

Als ich dann so an meinem Tisch saß und meine Schlussfolgerungen aufschrieb, fühlte ich mich unheimlich beschämt. Was hatte ich mir eigentlich gedacht? Die Kinder in der Schule würden mich bis in alle Ewigkeit damit aufziehen. Scott hatte Recht. Ich würde für alle Zeiten der Stinker bleiben.

Die Präsentation der Forschungsprojekte würde eine riesige Blamage für mich werden. Im nächsten Jahr würde ich auf jeden Fall wieder den Tornado in der Flasche machen.

Meine Schlussfolgerung war eindeutig. Ich konnte keine Mixtur herstellen, die half, den grauenvollen Gestank von Fürzen auch nur ein bisschen zu mildern. Das einzig Gute an dem ganzen Mist war, dass ich nicht lange dazu brauchte, alle meine Informationen in den Computer zu tippen. Der größte Teil der Arbeit war bereits erledigt. Den restlichen Abend verbrachte ich damit, meine Tabellen und Bilder auf eine Schautafel zu kleben.

Als Überschrift nahm ich:

»FÜRZE – BESSERER GERUCH«

Ich genierte mich dafür, doch das war der Titel, den ich Mr C vorgeschlagen hatte, als er der Sache zustimmte und mich darauf festnagelte. Als ich alle Teile aufgeklebt hatte, sah es eigentlich ganz gut aus. Trotzdem hätte ich es am liebsten direkt unten in den Mülleimer gestopft, denn ganz sicher würden mich alle auslachen, wenn ich das am nächsten Tag in die Schule brachte.

FÜRZE – BESSERER GERUCH
Von Keith Emerson

◆ **Problem / Zielstellung**

Ich möchte versuchen, etwas zu finden, das menschliche Gase gut riechen lässt.

◆ **Hypothese**

Ich glaube, dass man durch Zugabe von Rosenblütenblättern, Backnatron oder einer Mischung aus Zitrusfrüchten zum Essen den Geruch der Gase einer Person verbessern kann.

◆ **Vorgehensweise**

Ich habe meine Schwester und meinen Vater einen Monat lang immer dasselbe Essen essen lassen.

Jede Woche habe ich eine andere Zutat beigefügt und gehofft, das würde den Geruch von Emmas und Dads Gasen verbessern.

◆ **Vorgehensweise (Fortsetzung)**

Ich habe eine Skala mit Werten erarbeitet, um den Geruch ihrer Gase zu benoten. Die Ergebnisse habe ich in einer Tabelle eingetragen.

◆ **Werte**

Note	1 = tödlich
	2 = ekelhaft
	3 = mittelmäßig
	4 = angenehm

Dad	Emma
2. Mai: 1	2. Mai: 2
3. Mai: 1	3. Mai: 2
4. Mai: 2	4. Mai: 1
5. Mai: 1	5. Mai: 1

◆ **Ergebnisse**

Ich habe herausgefunden, dass ich die Gase von Emma und Dad nicht verbessern kann. Bei jeder Wertung kam eine Eins oder eine Zwei auf meiner Skala heraus.

◆ **Schlussfolgerung**

Meine Hypothese war falsch. Ich konnte nichts entdecken, was menschliche Gase verbessert. Furzgestank blieb Furzgestank.

◆ **Empfehlung**

Ich glaube, wenn ich mehr Zeit gehabt hätte, hätte ich vielleicht etwas finden können, um den Geruch menschlicher Gase zu verbessern.

22

Die Präsentation

In der Nacht vor der Präsentation wurde mir klar, dass es nur ein Entkommen gab … ich musste mich krank stellen.

»Ma, ich kann nicht zu der Präsentation der Ergebnisse gehen. Vielleicht könntest du einfach mein Projekt hinbringen?«

»Versuch es gar nicht erst. Du ziehst dich jetzt an und gehst zu der Präsentation. Du kannst dich nicht einfach verstecken, nur weil du nicht das erreicht hast, was du wolltest.«

»Aber Ma, ich möchte nicht ausgelacht werden.«

»Das wollte ich auch nicht, als du mir von dieser bescheuerten Idee erzählt hast, aber ich hab es durchgestanden. Du glaubst doch wohl nicht, dass meine Freundinnen diese ganze Sache nicht lustig finden? Du solltest stolz darauf zu sein, dass du etwas Ungewöhnliches versucht hast. Ich finde, du kannst darauf stolz sein, denn du bist selbst auf die Idee gekommen, gut, eine seltsame Idee, aber du hast die Idee gehabt und bist bei der Stange geblieben. Ich finde das ganz schön toll.«

»Ja, schon, aber die Versuche haben nichts gebracht. Ich hab überhaupt nichts von dem erreichen können, was ich hab machen wollen.«

»Hast du mir nicht selbst erklärt, dass die Wissenschaftler selbst dann etwas zu ihrer Wissenschaft beitragen, wenn sie mit etwas scheitern? Vielleicht hast du nicht die Mixtur gefunden, nach der du gesucht hast, aber manche Wissenschaftler verbringen ihr ganzes Leben damit, etwas zu vollenden.«

»Ich werde ganz bestimmt nicht mein ganzes Leben lang damit zubringen, mich anfurzen zu lassen und dann eine Eins oder eine Zwei in eine Tabelle einzutragen. Nie im Leben! Von jetzt an renne ich vor Fürzen weg wie der Rest der Menschheit auch.«

»Also ich wünschte, du würdest aufhören, dieses Wort zu benutzen, aber ich kann es dir auch nicht übel nehmen. Komm schon, jetzt mach einfach.«

»Okay, Ma.«

23

So ungerecht

Am Abend der Präsentation versuchte ich, möglichst früh in der Schule zu sein, weil die meisten Kinder erst dann kommen konnten, wenn ihre Eltern von der Arbeit heimkamen. Ich war der Erste, der durch die Tür trat. Ich schlenderte durch die ganze Schule und versuchte, die Tatsache aus meinem Kopf zu verdrängen, dass sich alle den ganzen Abend über mein Projekt scheckig lachen würden. Ich versuchte, mich innerlich darauf vorzubereiten.

Während ich so herumging, bemerkte ich all die Vulkane und Tornados in der Flasche, und langsam dämmerte es mir. Mir wurde klar, dass niemand sonst so etwas gemacht hatte wie ich. Ich meine, jeder kann schließlich ein Projekt mit dem Computer im Internet raussuchen und die Anweisungen abschreiben. Meine Idee war einzigartig, nur ich hatte versucht, etwas Neues zu entdecken. Wenn sich die

Leute darüber lustig machen wollten, war das doch eigentlich scheißegal!

Am besten fand ich die Arbeit von einem Drittklässler, der einen fünfundzwanzig Pfund schweren Truthahn mumifiziert hatte. Der Truthahn war wie eine Mumie eingewickelt und saß vollständig verpackt da. Er war schon vor über vier Monaten mumifiziert worden und stank nicht das kleinste bisschen. Das konnte ich von meinem Projekt nicht behaupten.

Als ich schließlich zurück in unser Klassenzimmer kam, konnte ich das Gelächter schon hören, noch bevor ich überhaupt reingegangen war.

»Das Projekt hier stinkt echt.«

Das war Anthonys Stimme. Er sprach mit einigen jüngeren Kindern.

»Der Typ, das das Projekt gemacht hat, fährt echt auf Fürze ab. Er furzt auch die ganze Zeit im Unterricht. Ich kapier nicht, wie Leute ständig furzen können. Das ist das Ekligste auf der ganzen Welt.«

Ich konnte es nicht fassen, dass er mir das antat.

Ich ging rein, um mich zu verteidigen.

»Anthony, hör auf so über mich zu reden!«

Sobald ich näher kam, merkte ich, dass ich in eine Falle getappt war. Anthony hatte sein feistes Lächeln aufgesetzt, und die anderen Kinder hielten sich die Nase zu. Er hatte mich kommen sehen und eine seiner besten Stinkbomben gezündet. Ich landete mittendrin.

»Was hab ich euch gesagt? Der Typ ist ein regelrechter Schweinekoben.«

»Du stinkst«, sagte eins der Kinder zu mir.

»Wie auch immer. Dein Projekt war bestimmt ein Tornado in der Flasche.«

»Ich hab einen Truthahn mumifiziert, und der stinkt nicht!«, widersprach der Junge. Und dann ließen sie mich stehen. Wieder fiel mir einfach nichts ein, was ich sagen könnte. Ich stand bloß da.

24

Mr Gonzales

Nachdem ich mich eine ganze Weile in meinem Selbstmitleid gesuhlt und alle möglichen Kommentare zu meinem Projekt gehört hatte, bemerkte ich irgendwann, dass ich endlich ganz allein vor meinem Poster stand. Vermutlich hat es allen anderen gestunken, auch nur in meiner Nähe zu sein. Ich hatte das volle Programm an Beleidigungen abbekommen und konnte es kaum erwarten, dass meine Mutter endlich zurückkam und mich abholte.

Ich setzte mich in meine Bank und legte den Kopf auf den Tisch. Es war ein langer Monat gewesen. Ich hatte rund tausend Fürze beschnüffelt, hatte die Schuld für drei fette Dinger bekommen, die nicht von mir stammten, und nun war ich die Lachnummer dieser blöden Forschungsprojekt-Präsentation. Mir mussten für ein paar Minuten die Augen zugefallen sein, denn als Nächstes blinzelte ich ins Licht, um wach zu werden. Dann richtete ich den Blick auf mein Projekt.

Vor meinem Poster stand ein Mann im Anzug und studierte die Texte. Er lachte nicht und schien auch nicht schockiert wie die meisten anderen Leute, die die Texte gelesen hatten. Er wirkte interessiert.

Mr C ging zu ihm hinüber und fing ein Gespräch mit ihm an. Ich hatte den Eindruck, dass der Mann wichtig sein musste, denn Mr C war offensichtlich sehr aufgeregt.

Er blickte zu mir herüber und deutete auf mich. Er fuchtelte mit den Händen, als würde er eine riesig große Sache erzählen. Schließlich winkte er mich zu sich. Ich ging zu ihnen.

»Keith, das ist Mr Gonzales. Er ist der Leiter des Brooking Forschungszentrums.«

»Oh, hallo, ich bin Keith Emerson.«

»Ich weiß. Ich habe den Artikel über dich im *Daily* gelesen. Dein Rektor hat mir alles über dich und dein Projekt erzählt.«

Mr C entschuldigte sich und ging zu ein paar Eltern, die gerade hereingeschlendert kamen.

»Ich bin auf die Idee gekommen, weil es mir so schien, als ob wir überall, wo wir hinkommen, das Gas anderer Menschen riechen. Meine Schwester, mein Vater und die Kinder aus meiner Klasse scheinen ständig Gas von sich zu geben. Ich hab das so satt und deshalb versucht, das Problem ein für alle Mal zu lösen. Sie wissen ja: Gibt dir das Leben Zitronen, dann mach Limonade draus.«

»Weiß ich.«

»Blöderweise hat es nicht geklappt. Ich habe nichts finden können, was auch nur ein kleines bisschen was bewirkt hätte.«

»Na, das ist ärgerlich, aber noch lange kein Totalausfall.«

»Was meinen Sie damit?«

»Also, als ich von deiner Idee gehört habe, habe ich beschlossen, herzukommen, dich kennen zu lernen und dir eine Frage zu stellen.«

»Was für eine Frage? Sie wollen doch nicht, dass ich ihre Gase bewerte, oder? Denn ich kann Ihnen aus Erfahrung sagen, dass Sie wahrscheinlich eine fette Eins oder eine Zwei bekommen … So wie wir alle.«

»Nein, natürlich nicht. Ich wollte dich um die Erlaubnis bitten, deine Versuche im Labor fortzusetzen. Wir wollen einige eigene Ideen ausprobieren, aber dabei versuchen, deine Hypothese zu beweisen.«

»In echt?«

»Ja, in echt. Wir wollen uns vergewissern, dass das für dich in Ordnung geht, und dich in die Forschung und die Versuche miteinbeziehen.«

»Sie wollen, dass ich die Fürze bewerte, stimmt's?«

»Also, wir wollen, dass du mit uns zusammenarbeitest. Du musst allerdings nicht mehr die äh … Fürze bewerten. Wenn wir erfolgreich sind, wirst du anteilig am Profit beteiligt.«

»Natürlich«, hörte ich mich selbst sagen, als ob ich wüsste, was das Wort Profit bedeutet.

»Sind deine Eltern hier? Ich würde sie gerne wissen lassen, worüber wir gesprochen haben, und mich vergewissern, dass sie das Ganze auch unterstützen.«

»Darüber müssen Sie sich keine Sorgen machen. Das ist ja das Beste, was meinem Vater jemals passiert ist. Er wird begeistert sein, dass es mit dem Projekt weitergeht.«

25

Danke euch allen

Es war die letzte Woche der fünften Klasse in meiner Schule.

Nach einem Jahr Arbeit mit Mr Gonzales und seinen Wissenschaftlern hatten wir es TATSÄCHLICH geschafft. Wir stellten kleine Tabletten her, die auf die Gase im Darm einwirkten und den Gestank in einen angenehmen Geruch umwandelten. Wir nannten die Tabletten ›Süße Fürze‹.

Kurz nachdem wir sie entwickelt hatten, fuhren wir zu einer Konferenz in New York. Ich traf mich mit Mr Gonzales und einem seiner Mitarbeiter in einem richtig teuren und schicken Restaurant. Meine Eltern hatten sich total aufgebrezelt, und meine Großmutter grinste bis über beide Ohren.

Sie alle schienen schrecklich stolz auf mich zu sein. Wir saßen zusammen am Tisch und redeten über all die verrückten Dinge, die im vergangenen

Jahr passiert waren, nachdem mir zum ersten Mal die Idee für die Versuche gekommen war.

Nach dem Essen stellten ein paar Leute ihre Forschungsergebnisse zu verschiedenen Themen vor. Es gab Versuche zur Umweltverschmutzung, ein Übungsprogramm für das Sprechen lernen von Delfinen, und eine Medizin für Männer, damit die Haare wieder wachsen. Dann wurden wir angekündigt.

Mr Gonzales betrat die Bühne und begann zu sprechen. »Heute stehe ich vor Ihnen, um über etwas zu sprechen, was wir in einem ganzen Jahr Arbeit herausgefunden haben. Ich freue mich besonders darüber, dass die Idee für diesen Versuch von einem neun Jahre alten Jungen stammt und seinem Verlangen danach, um es mit seinen Worten zu sagen, ›etwas in der Welt zu verändern, das ihm nicht gefiel‹. Ich bin mir sicher, dass Sie, nachdem wir unsere Untersuchungsergebnisse vorgestellt haben, sich meiner Meinung anschließen werden, dass er mehr als das getan hat. Interessanterweise ist die Idee dieses Jungen zufällig dieselbe Idee, mit der im Jahre 1781 kein Geringerer als Benjamin Franklin an die Forscher seiner Zeit herantrat. Auch wenn Franklin sie als einen Scherz eingebracht hat, bin ich mir sicher, dass er, könnte er heute unter uns sein, unsere Begeisterung teilen würde. Um Franklins Gedanken zusammenzufassen: ›Der Mann, der den Geruch menschlicher Gase verbessern kann, ist bedeutender als alle Denker und alle großen Entdecker der Vergangenheit.‹

Also, verehrte Kollegen und Freunde, ich stelle Ihnen heute vielleicht ... zumindest gemäß Benjamin Franklin ... den größten wissenschaftlichen Denker aller Zeiten vor: Keith Emerson.«

Ich war mir nicht so ganz sicher, was ich tun sollte. Ich stand da und merkte plötzlich, dass ein Scheinwerfer auf mich gerichtet war. Alle im Saal klatschten und sahen mich an. Mr Gonzales winkte mir, ich sollte zu ihm auf die Bühne kommen. Langsam stieg ich zu ihm hinauf.

Dann stand ich neben Mr Gonzales. Er trat vom Mikrofon zurück und bedeutete mir, mich davor zu stellen. Langsam ging ich hin, und da hörte ich meine kleine Schwester schreien: »He, Keith! Er is mein großer Bruda!«

»Hallo Emma«, sagte ich.

Dann rief ein Mann in der ersten Reihe: »Erzähl uns von deinen Versuchen.«

Erst blickte ich zu Mr Gonzalez, dann schaute ich zu meiner Mutter, meinem Vater und Großmutter, und dann legte ich los. Ich erzählte dem

Publikum von meinem Vater, meiner Schwester und Anthony. Die Leute hörten sich alles an. Dann erzählte ich ihnen, wie ich zum Rektor musste und von dem Brief, den Benjamin Franklin geschrieben hatte und wie ich gehänselt worden war. Ich erzählte von meiner Großmutter und wie sie ihr Versprechen eingelöst hatte, »alles für mich zu tun«. Die Zuhörer brüllten vor Lachen, und sie bekam Standing Ovations, worauf sie sich tief verbeugte. Ich erzählte davon, wie mein Projekt, die Gase der Därme zu kurieren, zunächst ein totaler Fehlschlag war. Und dann erzählte ich noch von Mr Gonzales und dem Labor.

Die Leute fingen an zu klatschen, und ich fühlte mich echt klasse. Meine Familie lächelte, und alle waren wirklich interessiert.

Und dann passierte etwas Seltsames. Meine Idee schien gar nicht mehr so bescheuert zu sein.

Mr Gonzales trat wieder ans Mikrofon und drückte mir eine Schachtel *Süße Fürze* in die Hand. Ich legte los und erklärte allen im Saal, dass wir tatsächlich ein Mittel gegen stinkende Gase entdeckt hatten. Mr Gonzales ließ inzwischen ein paar seiner Mitarbeiter Päckchen an jeden im Publikum verteilen. Während sie ausgegeben wurden, erklärte ich, wie die Dinger funktionierten.

»Grundsätzlich ist es so: Sie schlucken die Tablette, und die Tabletten reagieren mit den Gasen in Ihrem Darm, sodass Ihre Gase dann wie die Tabletten riechen.«

Einige hoben die Hand. Ich rief den Erstbesten auf.

»Hast du das ausprobiert? Weißt du, dass es funktioniert?

Ich blickte zu meinem Vater und lächelte. »Ja, wir haben es viele Male ausprobiert, und ich kann Ihnen aus eigener Erfahrung versichern, dass es funktioniert.«

Meine Schwester schrie von ihrem Sitz aus: »Ich hab geholfen!«

»Ja«, sagte ich. »Meine Schwester und mein Vater waren eine große Hilfe. Mein Mutter hat nicht geholfen, weil sie niemals Gase ausscheidet.« Alle lachten.

»Welche Gerüche habt ihr entwickelt?«, fragte eine Frau mit Mikrofon.

»Es gibt Sommerrose, Zuckerwatte, Traube und saure Gurken.«

»Hast du saure Gurken gesagt?«

»Fragen Sie meine Schwester«, antwortete ich.

»Ich mag saure Gurken«, sagte meine Schwester. »Keith hat mit versprochen, dass er den Geruch extra für mich macht«, sagte sie.

»Das ist alles sehr interessant, aber glaubt ihr, dass die Menschen überhaupt den Geruch ihrer Gase verändern wollen?«, fragte ein Mann im Publikum.

»Na, ich denke schon, ja. Ich meine, wenn Sie niemals mehr in Ihrem Leben stinkende Gase anderer Menschen riechen müssten, wär das nicht was, was Sie auch wollen?«

»Ich glaube schon«, gab er zu.

»Es wird eine Zeitlang dauern, bis wir uns an den Gedanken gewöhnen, dass Gas nicht schlecht riecht, aber ich glaube, dass es für die Menschen schon ganz nett wäre, sich nicht für etwas schämen zu müssen, das natürlich ist und jedem von uns sieben Mal am Tag oder noch öfter passiert. Ich glaube, dass das Furzen in fünf Jahren kaum mehr Verlegenheit zur Folge haben wird, als wenn sich jemand die Nase putzt. Zumindest dann, wenn alle Menschen unser Medikament *Süße Fürze* einnehmen.«

Alle im Saal klatschten. Ich ging von der Bühne, und meine Familie wartete mit Mr Gonzales auf mich. Ich konnte immer noch nicht so richtig fassen, dass das alles tatsächlich passierte. Und wie sich herausstellen sollte, war das erst der Anfang.

26

Gleich am nächsten Morgen

Gleich am nächsten Morgen wurde *Süße Fürze* im ganzen Land zum Verkauf angeboten. Wir wollten zu unserem Supermarkt fahren und nur so zum Spaß ein paar Päckchen kaufen.

Meine Mutter weckte mich um acht Uhr morgens, obwohl Sonntag war. »Keith wach auf, das musst du dir ansehen.«

Sie schaltete meinen Fernseher ein, was sie sonst nie als Erstes am Morgen macht. Sie meinte noch, das würde einem das Hemd aus der Hose ziehen.

Der erste Sender, den sie erwischte, war ein Nachrichtensender. Da sprachen sie über *Süße Fürze*. Ich konnte es nicht glauben. Sie schaltete um, und dort sprachen sie ebenfalls über *Süße Fürze*. Sie zappte immer weiter, und überall sprachen sie über dasselbe. Bei einem der Sender zeigten sie ein Bild von mir. Dann kam Mr Gonzales und redete mit einem der Moderatoren. Es war wie im Traum.

Dann hörte ich mächtigen Lärm von der Straße vor meinem Fenster. Meine Mutter trat ans Fenster und zog die Rollos hoch.

»Ach du meine Güte!«

»Was ist los, Ma?«

»Du musst schon herkommen und es dir selber ansehen.«

Ich ging hin und sah überall auf unserer Straße Übertragungswagen, Satellitenschüsseln und Reporter, die hin- und herwuselten. Es waren bestimmt fünfzig Übertragungswagen und über hundert Reporter. Und alle vor unserem Haus. Meine Mutter und ich sahen uns an.

»Und was machen wir jetzt?«, fragte ich.

»Ich schätze mal, wir sehen zu, dass du in die Klamotten kommst, und dann gehen wir raus und gucken, was sie wollen.«

27

Hey, ihr alle, das war ich

Meine ganze Familie zog sich in Rekordzeit an. Dann machten wir die Haustür auf, und ein Haufen von Reportern schoss über den Gartenweg auf uns zu. Bei uns angekommen schoben sie uns alle gleichzeitig ihre Mikrofone ins Gesicht.

»Jetzt mal einen Augenblick«, sagte mein Vater. »Jetzt beruhigen Sie sich, und dann können Sie Ihre Fragen stellen.«

Eine Stimme hinter einem der Mikrofone fragte mich: »Wie fühlst du dich bei all dem?«

»Weiß ich nicht«, meinte ich. Ich war gerade erst aufgewacht.

Es kamen immer neue Fragen. Ich habe bestimmt über tausend beantwortet. So allmählich wurde ich müde, und dann bemerkte ich, dass etwas nicht stimmte. Zuerst bekam ich nur einen Hauch davon ab, dann aber die volle Ladung. Allen anderen musste es genauso gehen. Doch statt angeekelte Blicke zu wechseln, hatten alle plötzlich ein Lächeln auf dem Gesicht. Zuerst war es nicht so deutlich, nahm dann aber mächtig zu. Es roch nach Trauben.

»Das war ich«, sagte einer der Reporter. Alle lachten.

»He, das Zeug funktioniert tatsächlich, was, Junge?«

»Klar tut es das!«, sagte ich.

Eine andere Stimme war zu hören: »Danke schön.«

»Genau. Danke schön!«, sagte noch einer, und dann passierte etwas Merkwürdiges. All die Reporter fingen an zu klatschen und »Bravo« zu rufen. Ich schätze mal, dass ich es nicht als Einziger satt gehabt hatte, die stinkenden Fürze der anderen zu riechen.

Und dann roch ich noch etwas anderes. Das war … das war eindeutig … saure Gurken.

»He, ihr alle, das war ich!«, schrie meine Schwester und kugelte sich vor Lachen.

Und alle anderen lachten auch.

So war das also, als sich bei mir alles verändert hat. Wenn dir das Leben Zitronen gibt, mach Limonade draus. An dem Spruch ist was dran.
Ich hatte die Nase voll von stinkenden Gasen. Und es war nicht einfach, aber ich habe eine Möglichkeit gefunden, das Problem ein für alle Mal zu lösen. Das nun ist die ganze Geschichte. Die
einzige Überraschung, von der ich noch nicht erzählt habe, ist das Geld. Es zeigte sich sehr bald, dass Süße Fürze ein absoluter Renner wurde. Allein im ersten
Jahr hat meine Familie über einhundert Millionen Dollar daran verdient! Ich hab sogar der Papas-Familie einen Vorrat gestiftet, der bis an ihrer aller Lebensende reicht.

Ich beschloss, mit dem ganzen Geld eine eigene Firma zu grün-den. Ich arbeite mit Mr Gonzales im Labor.
Ich kann alle Versuche machen, auf die ich Lust habe. Und ich darf einstellen, wen immer ich will. Scott war der Erste,
der bei mir anfing. Der Zweite war Anthony Papas. Immerhin hätte ich ohne ihn Süße Fürze niemals er-funden. Zurzeit arbeiten wir an ein paar richtig coolen Versuchen. Ich würde ja davon erzählen, aber sie sind noch streng vertraulich und gehen euch daher nichts an. Lasst mich nur so viel sagen: Wenn das nächste Mal

ein Kind in eurem Klassenzimmer mitten auf den Boden kotzt, müsst ihr euch nicht mehr die Nase zuhalten. Den Gestank habe ich immer

schon gehasst. Ihr auch? Zitronen und Limonade, meine Freunde, Zitronen und Limonade …

»Birbaek hat ein sehr komisches Erzähltalent. Muss man einfach lesen.«

ELKE HEIDENREICH

Michel Birbæk
MÄDCHEN UND ANDERE KOMISCHE DINGE
128 Seiten
mit zahlreichen Abbildungen
ISBN 978-3-8339-3838-2

Aus Mädchen müssen Jungs wirklich erst mal schlau werden. Denn wenn's mit denen schon nicht klappt, wie soll das später erst mit Frauen werden … Doch wie stellt man es als Junge am besten an, wenn man sich nicht für Mädchenkram interessiert, eigentlich ein großer Fußballer werden will und nicht ständig »Zicken-Krieg-und-Frieden« spielen will? Da braucht es schon »Zivilgarage« oder zumindest »Mannopulation«.

Alle wissen, dass es für Kinder nicht immer einfach ist, sich in der Welt zurechtzufinden. Wie Bestsellerautor Michel Birbaek aber seine Kindheits-Erinnerungen aufgeschrieben hat, das ist so irre lustig, witzig und eigenwillig, dass Kinder und Erwachsene vor Lachen Tränen in die Augen kriegen.

Baumhaus Verlag